井上多喜三郎（60歳ごろ）

井上多喜三郎　60歳前後の肖像（井上喜代司氏蔵）

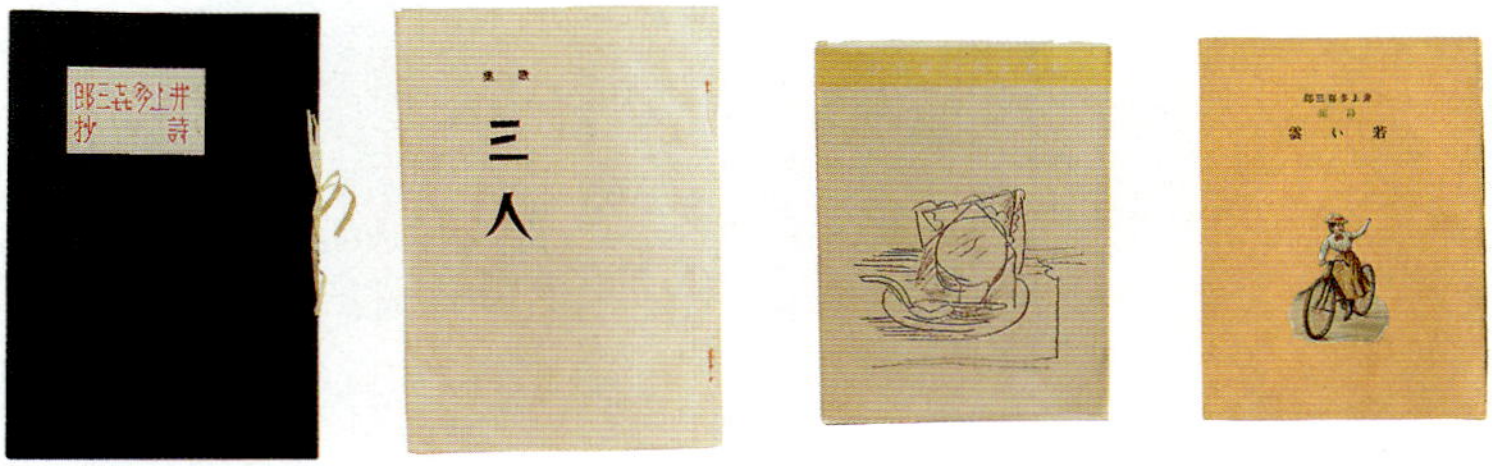

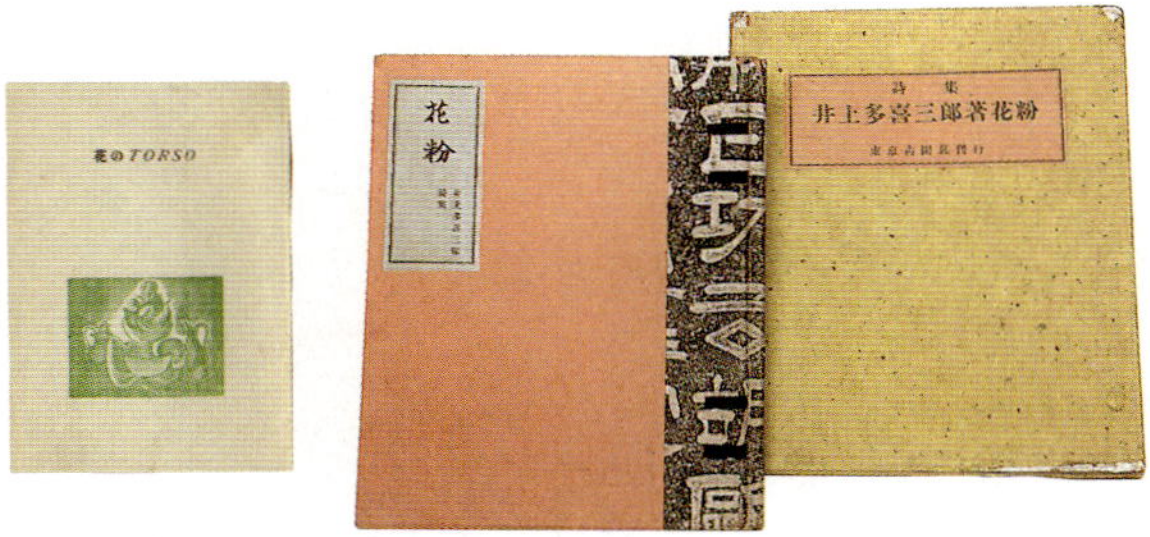

左上より、１段目
『井上多喜三郎詩抄』
（昭和４年）
『歌集　三人』
（昭和４年）
『井上多喜三郎詩抄』
（昭和９年）
詩集『若い雲』
（昭和15年）
２段目
句集『花のTORSO』
（昭和15年）
詩集『花粉』
（昭和16年）

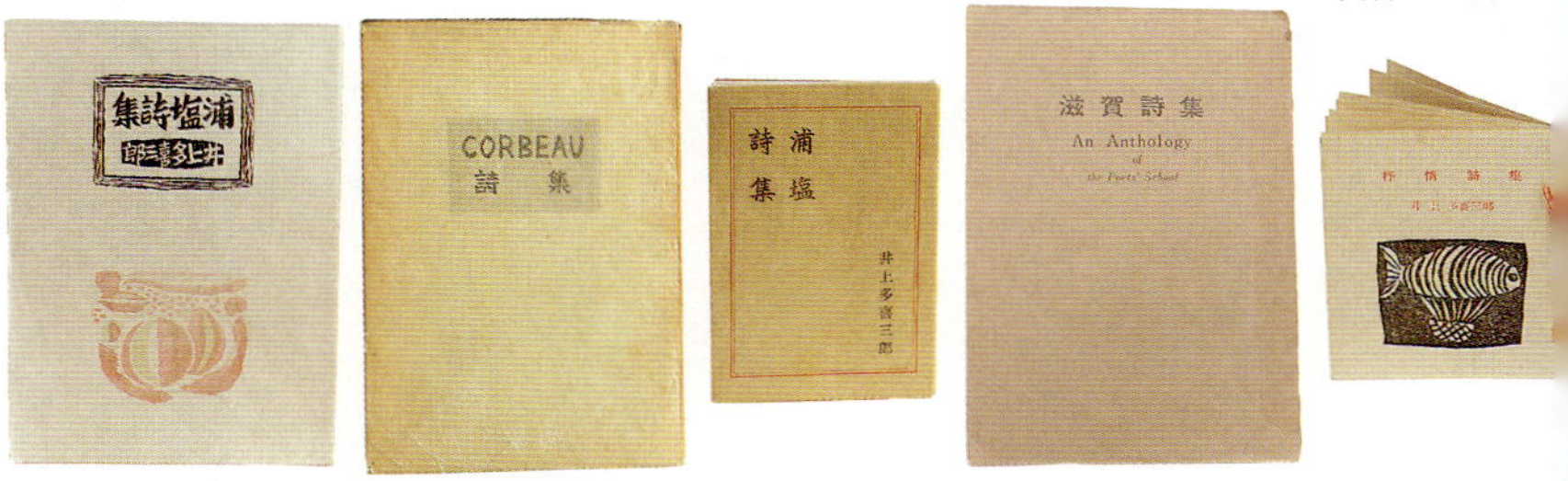

３段目
『浦塩詩集』（昭和23年）
『コルボウ詩集』
（昭和26年）
豆本『浦塩詩集』
（昭和32年）
『滋賀詩集』（昭和32年）
『抒情詩集』（昭和32年）
４段目
『栖』（昭和37年）
『詩集 詩人学校』（昭和40年）
『曜』（昭和42年）

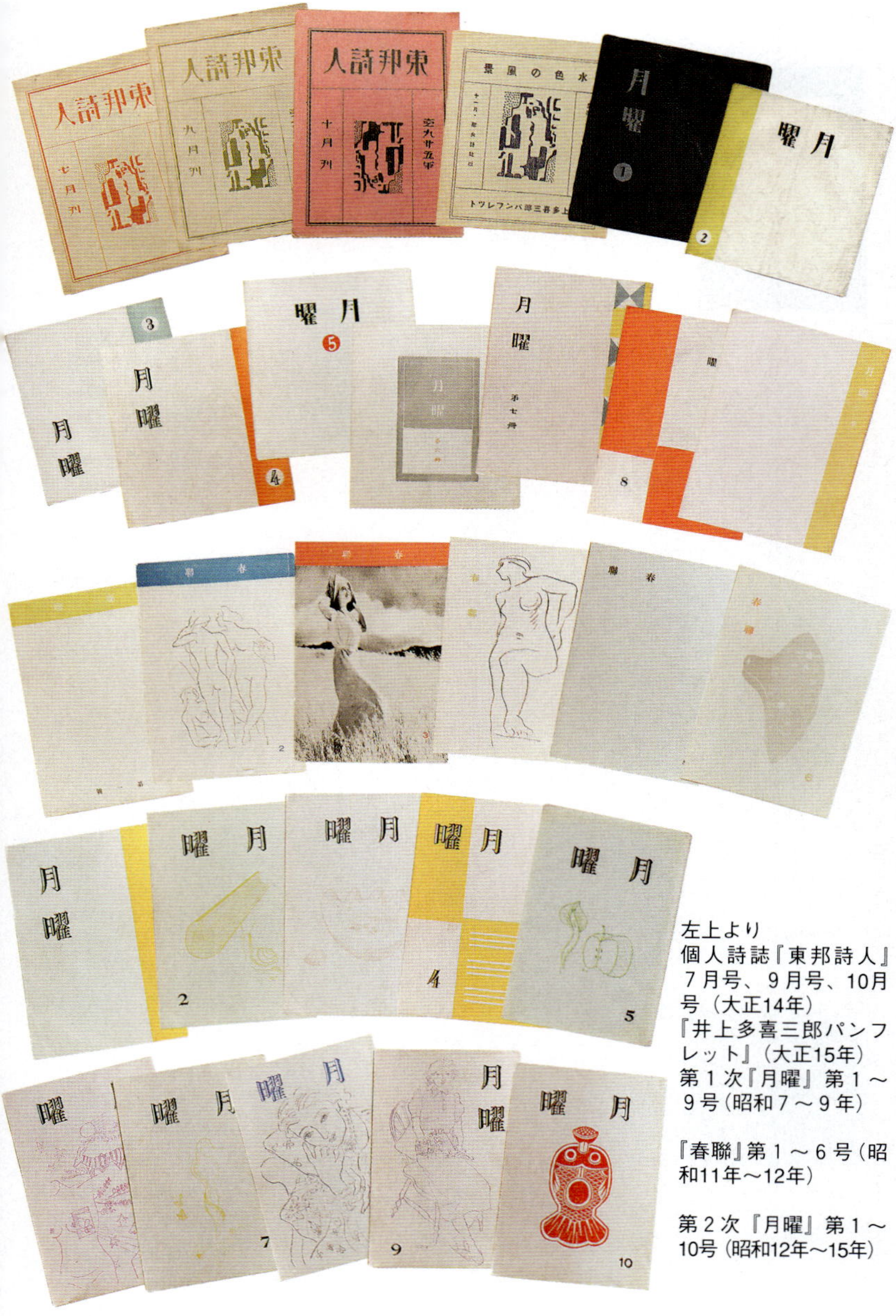

左上より
個人詩誌『東邦詩人』7月号、9月号、10月号（大正14年）
『井上多喜三郎パンフレット』（大正15年）
第１次『月曜』第１～９号（昭和７～９年）

『春聯』第１～６号（昭和11年～12年）

第２次『月曜』第１～10号（昭和12年～15年）

近江の詩人 井上多喜三郎

外村 彰 著

序

大野　新

懐かしい井上さん、多喜さんこと井上多喜三郎氏の門を叩き、近江詩人会に入会したのは昭和二十九年で、当時は二十六歳だったが、もう四十八年前のことになる。

井上多喜さんは、本書のグラビア写真のように目のはっきりした、気品の高い顔をされていた。詩人としての気位も高かった。懐かしい顔だ。詩人の友のいなかった私は近江詩人会の合評会に参加して多くの詩友に恵まれることができた。会の輪の中心にはいつも多喜さんがおられた。

戦後すぐ旧朝鮮から滋賀県守山の引き揚げ者用の六軒長屋に移り住み、大学に入学してほどなく肺結核のため信楽の国立療養所で五年を過ごしていた私は、大学を除籍されて働かなければならなくなったものの、就職難のため稼ぐあてもなかった。

井上さんは、友人の山前実治《やまさきさねはる》氏が京都で印刷屋（双林プリント）をしているから就職の世話をしてあげよう、と言われて、すぐに紹介の労をとって下さった。そこで「明日から来るか」と言われ、私は勤め始めた。昭和三十二年のことであった。

昭和三十四年、かつて同じ六軒長屋の住人であった妻との結婚の仲人を井上さんにお願いした。守山の勝部《かつべ》神社で式を挙げた。式次は台本を宮司が読みながら進行させるのだったが、台本にある新郎新婦の氏名は、かつて書かれた別の夫婦のものになっていた。それに井上さんはすぐに気付かれ、ここはこの名で読んで下さい、と宮司に指示されていたのを思いだす。

私は印刷業務の終わった後、毎月近江詩人会のテキストを印刷していた。井上さんは私の終業時をみはからって時々寄って下さることがあった。京都駅ではあまり大きな荷物だと車掌から文句を言われるために、私も井上さんの風呂敷を一つ持って運んだ。二人して列車の人ごみをかき分けながら、もたれて座れる場所で腰を落ち付けると、井上さんは、やおら田中冬二さんなどからの手紙や、書きかけの詩稿を取り出されては、一つ一つ丁寧に説明しながら見せて下さった。田中冬二さんは井上さんの親友で、田中さんが井上さんのために一冊だけの手作り詩集を贈られたのを列車の中で拝見したこともある。

昭和四十一年四月一日に井上さんが事故死された時、現場へ私も向かった。先に着いていた長男の喜代司さんがそこで長く泣きじゃくっていたのを思い出す。郷土玩具が好きな井上さんは、亡くなる直前に「金マラ・銀マラ」という、五個荘で作られている小幡《おばた》土人形の、男性の性器を模した神像を、長寿祈念にと詩友へ配られていた。井上さんの身体ではじめに昇天したのは性器で、遺体にそれは附属していなかったという。彼の師であった堀口大学氏に手紙で「最後に一番大切なものを神さまに差しあげたのであろう」と皆が話し合っていたと申し上げたら、それはぜひ『青芝』追悼号に載せるようにと仰られた。

堀口氏宛ての私信は「風信」と題されて同誌に掲載された。そこから次の一節も引いておく。人生の恩人の人柄をあらためて懐かしく思い起こしながら。

本当に井上多喜さんは不思議な人でした。私たちまで、みんなが多喜さん多喜さんと呼んでおりますが、詩碑の時といい、「骨」に寄せられた追悼の詩や文といい、「多喜さん」「多喜さん」と呼ぶ声に充ちております。現代のような合理精神ばかりが瀰満《びまん》している時に、日本全国からこういう声をかけられる詩人は、本当に希有でしょう。

今回井上さんの生誕百年を機に、外村彰氏が評伝をまとめてくれた。読み終えて、これだけ詳しく論じてあれば私の解説はなくてもよいと感じた。家業のこと、交友の広さ、戦争で苦労され、思いのほか困窮の暮らしをされていたところも感慨深く読んだ。委細を尽した立派な本をながめながら、天国の井上さんも喜んでおられることと思う。

（詩人。口述筆記に補筆）

二〇〇二年十一月二十三日

目次

凡例

・引用は、原則的に原典のままの歴史的仮名遣いとした。
・漢字は、人名など一部を除き旧漢字を新字体に改めた。
・ルビは、読みやすさを考慮し現代仮名遣いにして適宜付した。
・引用に誤植等とみられる箇所がある場合は「ママ」と付記した。
・詩文の引用に際しては、改行につき「／」印を記した場合もある。
・抄録については適宜（中略）（後略）と付記した。
・引用中、今日からみれば不適切と思われる表現を用いている箇所もあるが、故人の作品であること、時代背景等を考慮し、原典通り収載した。

第1章

老蘇の詩碑

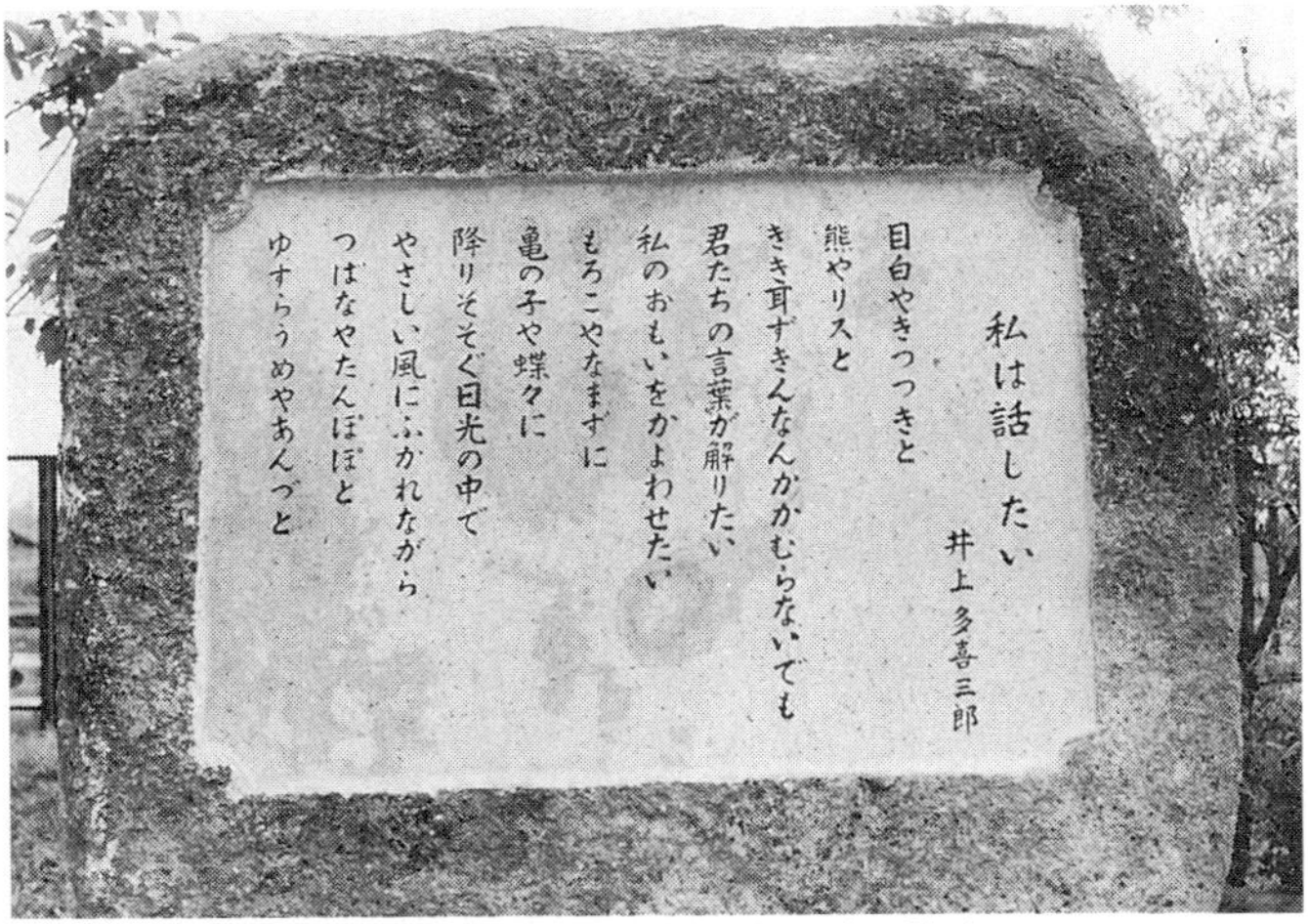
私は話したい
井上多喜三郎
目白やきつつきと
熊やリスと
きき耳ずきんなんかかむらないでも
君たちの言葉が解りたい
私のおもいをかよわせたい
もろこやなまずに
亀の子や蝶々に
降りそそぐ日光の中で
やさしい風にふかれながら
つばなやたんぽぽと
ゆすらうめやあんづと

安土町立老蘇小学校前庭に建つ詩碑

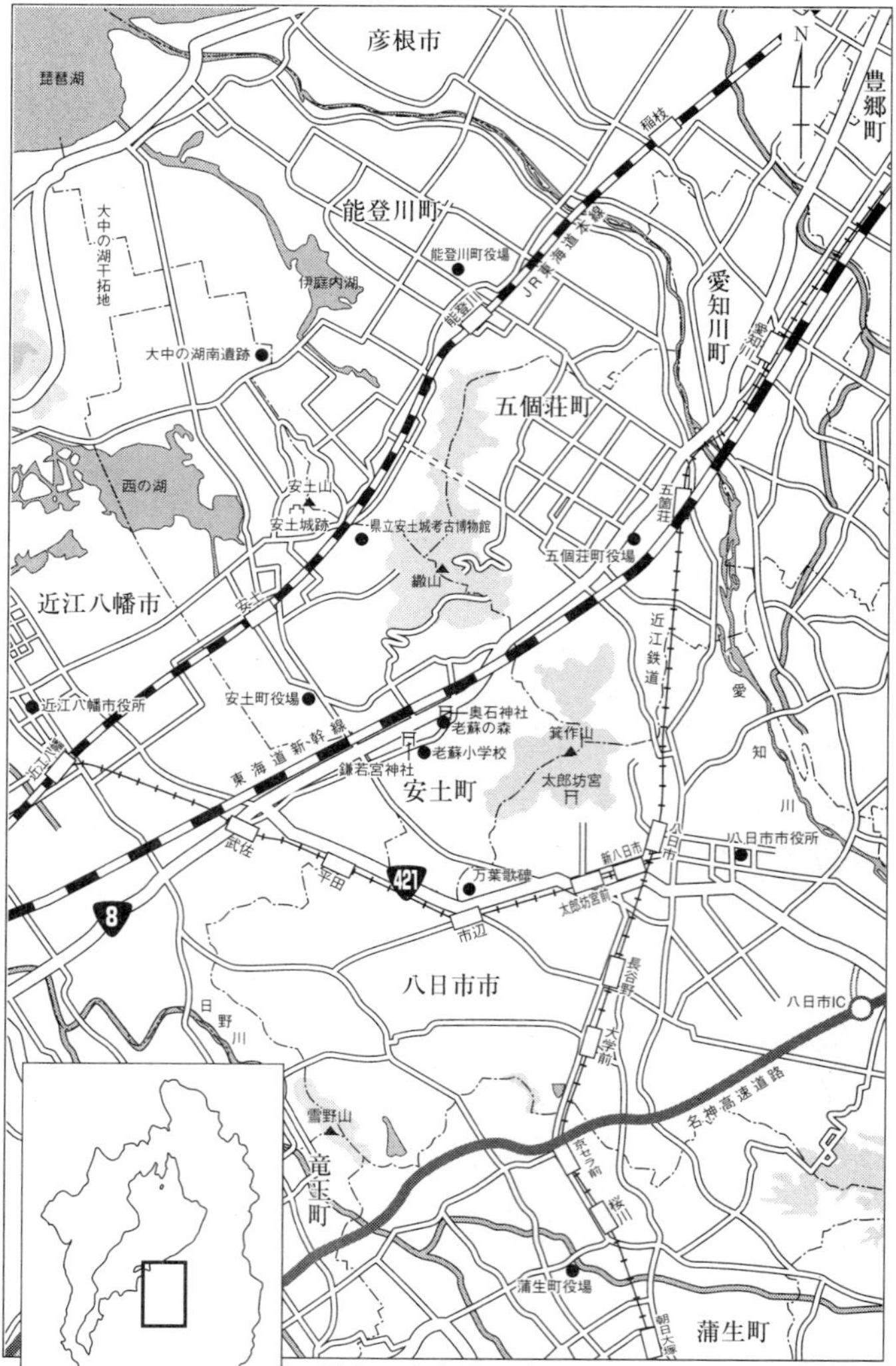
琵琶湖
彦根市
豊郷町
N
稲枝
能登川町
JR東海道本線
能登川町役場
能登川
伊庭内湖
大中の湖干拓地
大中の湖南遺跡
愛知川町
愛知川
五個荘町
西の湖
安土山
安土城跡
県立安土城考古博物館
五個荘
五個荘町役場
繖山
近江八幡市
安土
近江鉄道
近江八幡市役所
安土町役場
奥石神社
老蘇の森
箕作山
愛知川
東海道新幹線
老蘇小学校
鎌若宮神社
近江八幡
安土町
太郎坊宮
八日市
八日市市役所
新八日市
武佐
平田
421
万葉歌碑
太郎坊宮前
8
市辺
長谷野
八日市市
八日市IC
日野川
大学前
名神高速道路
雪野山
竜王町
京セラ前
桜川
蒲生町役場
朝日大塚
蒲生町
現在の安土周辺地図

湖国安土の東南に、歌枕で名高い老蘇《おいそ》の森がある。森に鎮座する奥石《おいそ》神社の前には、国道と交叉するように旧中山道《なかせんどう》が通っている。南へ進むと街道沿いに東老蘇、次に西老蘇の集落がある。詩人・井上多喜三郎《たきさぶろう》（一九〇二〜六六）はこの西老蘇に生まれた。

老蘇周辺は、近江盆地の穏やかな山々にはさまれた田園地帯となっている。北に佐々木一族の居城・観音寺城と西国巡礼の第三十二番札所・観音正寺のある繖《きぬがさ》山、東には修験道の行場であった太郎坊山につらなる箕作《みつくり》山がみえる。北東の愛知《えち》川から南方の雪野山までの一帯はいわゆる蒲生野《がもうの》で、万葉の時代、額田王《ぬかたのおおきみ》のロマンスの舞台になった。

中山道が東西老蘇の境となるあたりに、井上の母校である安土町立老蘇小学校がある。近代的な校舎の前庭には、街道に面《おもて》を向けて古びた文学碑が立っている。この碑は、昭和三十七年に井上の還暦と詩歴四十年を記念して、近江詩人会（後述）の発起により賛助金を募って建てられた。高さ一・五メートル、横幅一・二メートル、厚さ二十センチの大きさである。会員の鈴木寅蔵が所有していた、甲西町岩根の山から出た御影石《みかげいし》が用いられている。滋賀県内では初めて建った詩碑だが、平成十二年夏に今の老蘇幼稚園の前（元は老蘇小学校のプールがあった場所）から現在地に移された。

碑面には、井上が楷書で揮毫《きごう》した次のような詩が刻まれている。

私は話したい

井上多喜三郎

目白やきつつきと
熊やリスと
きき耳ずきんなんかかむらないでも
君たちの言葉が解りたい
私のおもいをかよわせたい
もろこやなまずに
亀の子や蝶々に
降りそそぐ日光の中で
やさしい風にふかれながら
つばなやたんぽぽと
ゆすらうめやあんづと

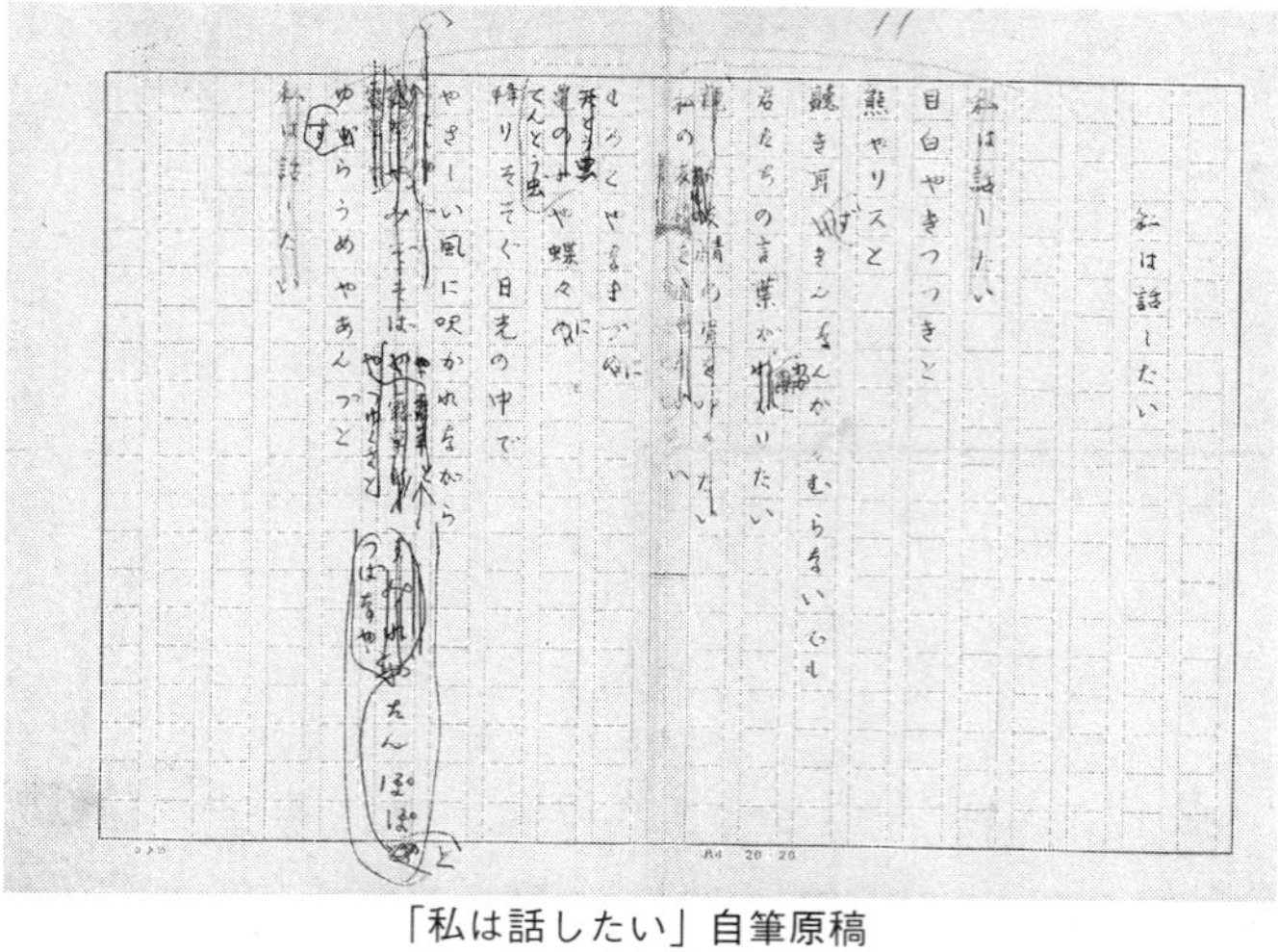

「私は話したい」自筆原稿

詩集『栖《すみか》』（昭37・5、「骨」編集室）に収められている「私は話したい」は、作者が五十六歳の時の作で、井上自身も小鳥や草花を愛した。生あるものへのいとおしみが、明るい風光となって、身の内を透きとおってゆくような詩だ。

「きき耳ずきん」は、昔話でも知られる。それを被ると、鳥獣の言葉がわかるという。しかしその助けを借りず「降りそそぐ日光の中で／やさしい風にふかれながら」、つまり自然な状態のままで、メジロから杏にいたる「君たち」と思いを通わせたいと話者は望んでいる。動植物の名に付された「に」や「と」は、生命のつながりを音調で伝えながら、全て「私のおもいをかよわせたい」へと収束されてゆく。

ここで詩人は何を話そうとしているのだろう。おそらく生あるものの温かく、静かで優しい心を、言葉にならない生の幸福感を、対象と呼吸をするように通いあわせようとしているのでもあろうか。ながらく身近に接してきた、あらゆる生命たちへの感動が、作者の詩心からは流露している。人間である自分もふくめ、すべての生命は同じ地平に立つという連帯感と、そこから発せられる平和への訴えが、この詩の背景には存しているように思われる。

詩碑の除幕式は五月二十日（日）午後一時から行なわれた。来賓《らいひん》として井上の師にあたる堀口大学、親友であった田中冬二、岩佐東一郎といった著名な詩人が東京から参会した。近江詩人会の会員のほか天野隆一、天野忠《ただし》、山前実治《やまさきさねはる》など井上と親しい関西の詩人も集まった。同郷の俳人で当時衆議院議員だった草野一郎平も東京から駆けつけた。町長や校長等、地元の人々と合わせると八十余名が列席したことになる。

詩碑除幕式（左から岩佐、田中、井上、堀口）

麦畑の穂が風にそよぐ五月晴れのもと、井上の長男長女の二人が記念の除幕を行なった。未舗装の街道わきに居並んだ参加者たちが万歳を斉唱し、山前が「私は話したい」を朗読した。その後、小学校の講堂へ移動して、近江詩人会の大野新の司会による祝賀会があった。そこでは参加者による井上をめぐるスピーチが続いた。夕方には安土駅前の料亭「鮒幸」で詩人たちとの祝いの宴が催され、堀口、田中、岩佐はその夜、井上の家に泊った。

井上は衣類の行商を生業としていた。そうして仕事柄、気さくな庶民性をもって地元の人とも肩肘の張らない付き合いをしていた。文学に縁のない老蘇の住人の多くは、呉服屋の〝多喜さん〟がこれほどの詩人仲間から優れた詩人として遇され、慕われてきたことを、この日まで知らずにいたのではなかろうか。それにしても、生前に文学碑が建てられたという事実からして、この一日が井上の生涯でも最も晴れがましいひとときになっていたことは想像に難くない。

除幕式の日から約四年後に、井上は交通事故で急逝《きゅうせい》した。

井上多喜三郎は多くの文学者、芸術家と交友した。先に名を挙げた詩人たちの他にも、高祖《こうそ》保《たもつ》・北園克衛《かつえ》・安住敦・八幡《やわた》城太郎・百田《ももた》宗治・竹中郁《いく》・田中克己《かつみ》・小野十三郎・木下夕爾《ゆうじ》・石原吉郎《よしろう》などとの知遇を得ている（安住、八幡は俳人）。なかでも、田中冬二と井上は莫逆《ばくぎゃく》の友であった。

田中冬二（本名・吉之助。一八九四〜一九八〇）は、昭和期を代表する詩人のひとりとして知られる。福島市に生まれ、銀行に勤務しながら俳味と郷土色の濃い抒情詩を作り続け、『青い夜道』（昭4・12、第一書房）以降多数の詩文集を刊行した。『四季』派の一人でもあり、多くの後進に強い影響を与えた。和田利夫『郷愁の詩人　田中冬二』（平3・11、筑摩書房）には昭和七年頃からの二人の交わりが詳しく語られており、教えられるところが多い。

田中は、「繖山の麓《ふもと》に眠る詩人井上多喜三郎」(昭41・5、『詩学』)で「近江広くは関西の代表的詩人で、最近其《その》作品が円熟し一家の風格を備えて来た」井上の死を悼《いた》んだ。

そして「人世観社会観自然観芸術観恋愛観それから嗜好等、全くふしぎなほど私と共通」で、気心の通じた友であったとし、詩や俳句を作ると「きまつてまず第一ばんに多喜さんに送るのを例に」して、丁寧な返事を貰ったと書いている。

また風貌が「どう見ても詩人か画家芸術家」なのに、「殊更の気どり」「衒気《げんき》」「気障《きざ》」といったものは井上当人にはなく、むしろ「ごく自然」で「ありのまま」な「天衣無縫《てんいむほう》」の人柄であったと述べていた。

除幕式の日(前列左から、井上、田中、藤野一雄、村寿。後列左から堀口、杉本長夫、武田豊)

井上も田中冬二を敬愛し、折にふれて手紙を送っていた。井上には田中の詩風に倣《なら》った作品もみられ、竹中郁も「あなたが田中冬二あたりを追つてゐることはないと思います」と書簡（昭23・3・17）に書いてもいた。しかし天野忠は、田中を「はっきり田園牧歌をつくる都会人」として、井上を「生《き》なりの田園牧歌そのままの田舎ひと」と評している（「たきさん牧歌」昭39・1、『詩人通信』）。二人の友情の篤《あつ》さの秘密は、こうした違いにあったのかもしれない。

さて、その田中が晩年の井上を訪問して作った詩「老蘇の詩人」は、井上家の日常の心温まる記録にもなっている。以下に紹介しておきたい。

椋《むく》の木の覆《おお》い被《かぶ》さつている切妻の屋根
古びて地名老蘇の老に相応《ふさわ》しいような土壁
紅殻《べんがら》塗りも色褪《あ》せた格子づくりの家
潜《くぐ》り戸をはいると店で　反物《たんもの》や夜具地タオル等がつみ重ねてあり　奥には抽出《ひき》しの沢山ある箪笥《たんす》　それには足袋や風呂敷木綿糸等が入れてあるのだ
素朴な田舎の呉服屋井上呉服店（中略）
主人の詩人井上多喜さんは多分京都へ仕入に出かけたのだろう

妻子は天気がよいので一寸《ちょっと》畑へでも行ったのであろう　共に不在だ（中略）
その中庭に面して詩人の居間がある
六畳敷位だ
端渓《たんけい》の硯をおいた小机の横の本棚には詩歌陶器京洛奈良に関する書物などがぎつしり　そ
して又すぐ前の縁側には詩人が長年かかつて蒐集《しゅうしゅう》した昔の一升徳利と大形の茶壷が凡《およ》
そ三十個余もおいてある（中略）
詩人が京都の仕入から帰つて来るのは大概もう夜更けに近い
――詩人は時に仕入の帰りに京都の詩人仲間とれんこん屋あたりで飲むこともある――
そして帰宅して晩《おそ》い夜食をあたふたとすますと
詩人夫妻の寝所である二階のつりあげはしごだんの下で　せつせとその日の仕入品の正札
付だ
電圧が低く電灯が赤つぽく暗い
その間に妻女は土間に下りて冷めかけた風呂を焚きつける
それが初夏の頃だと焚きつけは菜種殻《がら》　晩秋だと胡麻《ごま》殻だ
風呂はこの地方特有の戸棚風呂だ

その風呂の湯に快くぬくもりながら詩人多喜さんは一日の労苦を忘れ詩を思うこと切なの
である（後略『自由民主新聞』年月日未詳）

老多《おいた》呉服店の主人であった井上は、毎日（農繁期を除く）午前中に得意先まわりをして衣料の注文を受け、午後は二日に一度京都大阪の問屋へ仕入れに出かけていた。店は年中無休であった。常に持ち歩いていた紺色の一反《いったん》風呂敷には商売用の衣類を詰め込み、茶色の小さい風呂敷には詩書、詩誌、手紙、原稿類を入れた布製鞄を入れ、それを愛用の頑丈な自転車に載せて移動していた。

居酒屋「れんこんや」

京都室町での仕入れのあとはよく駅前の預かり所に手荷物を預け、小さな方の風呂敷包みを肩にして、河原町方面へ呑みに向かった。ちなみに、田中の詩にある〝れんこんや〟（昭25年開店）は木屋町三条下ルにあり、現在も当時のままの店で営業している。

酒は強くなかった井上だが、ふだん晩酌に黒ビールの小瓶を一本は飲んだ。戦前は喫煙しなかったが、その頃は伊達《だて》のくわえ煙草ながら一日五、六十本「ハイライト」を吸っていた。それから近くの八日市市や京都駅前のパチンコ屋にもよく通った。連発式でない頃であったが、一個ずつゆっくり打ち、最後まで玉の行方を追い、「あかん」とひとりごちては首を振っていたという。当時評判の映画も必ず観に行き、名画の展覧会があると足を運んだ。

また井上は戦前からこけし、張子、土人形といった郷土玩具の蒐集《しゅうしゅう》・研究家でもあった。グリコのおまけ（ブリキ細工）も古くから集めていたらしい。信楽焼の壺類に凝り出したのは昭和三十八年春からで、田中の「老蘇の詩人」もこの頃作られたかと推される。

なお「戸棚風呂」は、「樽風呂」「桶風呂」とも呼ばれた井上家の名物で、堀口、田中、岩佐など多くの詩人が体験した。井上の随筆「入浴礼讃」（昭29・7、『骨』）によると「ビヤ樽の形をした桶の一方に、出入口のガラス戸を取付けた」蒸風呂の一種で「湯はあぐらしておへそのあたりまで」しか入っていないもので

小幡土人形　福助、おかめ
（井上撮影）

あった。

ところで、カバー表の肖像写真は「骨」の会の仲間であった脚本家・依田義賢《よだよしかた》が京都で撮影（昭34・7）したもので、当時の京都の有力詩誌『骨』が井上の特集「多喜さんのProfile」を組んだ号に掲げられた。飄々《ひょうひょう》とした風貌のなかで粋《いき》を意識する横顔も伝わる。井上お気に入りの一葉であったという。詩碑に「私は話したい」を選び刻むよう勧めた「骨」仲間の画家・佐々木邦彦は、同号で井上の人となりについて次のように書いた。

評判の風呂しき包みをかついで、平然と街をのして歩くポーズも、スタイリストの多喜さんならではの感が深い。真のスタイリストにはわざとらしさが見えない。多喜さんの挙措《きょそ》動作、出所進退には、すべてわざとらしさがない。無類のさびしがりやである。そのさびしがりやであることも、私的公的の多喜さんの生活を支えて、天性の詩人を形成している。知人のさるデザイナー女史が、会えば多喜さんの眼の美しいことを呟くようにいう。険のない眼、濁りのない眼、といってきびしい眼でもあり、やさしい眼でもあると女史は絶唱する。も一つつけ加えて、知人友人を大切にする眼といった。いい得て至言だと思う。それだけに多喜さんに気にくわないことがおこると、顔面朱をそそいで怒る。さびしがりやの真骨頂を発揮、席をけって飛び出すぐらいではおさまらぬ。が、すこし日が経つと、けろりとしている。根にもつということはないようである。

じっさい井上は気骨稜々《りょうりょう》、なかなかの一本気で、文学には厳しかったが、そのいっぽうで、世話好きな人情家でもあった。僧侶で俳人の藤澤耿二《こうじ》は、「多喜さんほど純情で、善意のあふれた、それでいて野趣豊かな詩人はそうざらにはあるまい」と評し、「儲《もう》けねばならぬ呉服商を営みながら、金銭には極めて淡白で、店の構えは十年一日として同じであった」(「桐の花――井上多喜さんの思い出」昭41・5、『青芝』)とも書いている。このように商人としては善人にすぎ、とくに戦後の暮らしはけっして潤沢《じゅんたく》ではなかった。

また、井上は名うての〝くれ魔〟としても知られ、善根に長《た》けた人だった。彼と親しくなった詩友は誰でも、必ずといっていいくらい味わい深い贈り物をもらっていた。また遠来・近郷からの客人を歓待し饗応するのも好んだ。

他に尽くすことには熱心だが、さて自分のことはどうであったろうか。そのあたりについては、以下の文例をみておきたい。

私は蓬髪《ほうはつ》でボロ服をまとつている。服は三十年来着古したもので、春秋も冬も、その一枚でおし通している。ネクタイはしめず、オープンシャツなので、夏は上衣を脱げばよいわけだ。

冠婚葬祭にもこの服で、でかけてゆく。親類知人が「多喜さんは詩人だから」つて、特別扱いでつきあつてくれるのは、有難いような有難くないような話である。(骨)の仲間も「そこが多喜さんらしくてよい」といつてくれる。それでも肌着と靴下は、清潔な洗濯ものでないと気分が悪い。蓬髪も朝一回だけは必ず櫛《くし》を入れ、ベーラムの二、三滴をたらすことにしている。この僅《わず》かなこころ使いで、ルンペンとジエントルマンの限界を、はつきりしておくつもりである。(「ボロ紳記」昭29・7、『骨』)

井上には金銭の苦労を超越したようなところがあったが、右の文章からも、いささか超俗を衒《てら》う「スタイリスト」像が浮かび上がってくる。この一見無頓着そうな外面は、自由を愛する誇り高い「詩人」の、社会へのスタンスのとり方を示しているようだ。

前掲した「繖山の麓に眠る詩人井上多喜三郎」のなかで、田中冬二は井上の心あたたかい人柄が「童心を失わぬ純粋にして清新なエスプリ」となって作品の上に投影していると書いた。この言葉は、井上の人と文学の本質をよく言い当てているように思われる。

「エスプリ」は井上の愛した言葉でもあった。井上は昭和初期に流行した〝L'ESPRIT NOUVEAU〟すなわち新（詩）精神という語を強く意識していたと考えられる。西脇順三郎が「詩は夢ではない。全然有意義の心像の連結である。詩は esprit で考へることであると言はれてゐる」（昭4・11、『超現実主義詩論』厚生閣）と書いたように、現実を別次元の多様な心象の世界に異化させる理知的な精神がエスプリということになる。

田中のいう「童心を失わぬ純粋にして清新なエスプリ」は、「私は話したい」にもよく表われているが、代表詩のひとつ「勤《つとめ》」（昭42・4、『曜』文童社）にも、その精髄が表出されている。「勤」は井上の死後、遺族が香典《こうでん》返しに風呂敷に染め抜いて配った詩でもある。

筵《むしろ》の上にあぐらをかいて
兄妹は夜業《よなべ》の縄を綯《な》っていた

お月さんがやさしく見守っている

幼い掌《てのひら》が
拝みあげるように綯っていた
うしろからたぐりだす
お月さんのしっぽ

欅《けやき》のてっぺんで梟《ふくろう》が鳴いていた

この「勤」は、一言でいえば「温《ぬく》もり」のある詩だ。幼い兄と妹は、井上自身とその妹を連想させる。あるいは少年時代の回顧をモティフとしているのかもしれない。
詩人の河野仁昭《ひとあき》は、井上が「戦前身につけていた感覚的なモダニズム詩の技法」が、「年とともに冴え、ことばの彫琢とみがきは名人芸といってよいまでに円熟」した例に「勤」を挙げている。そして次のように述べていた。

おなじ農村の生活なり風景を歌っても、氏のそれは、そこいらのいわゆる生活派と称される詩人たちの作品や、生活綴《つづりかた》方的なリアリズムと同日に論じるわけにはいかないものであることは、いかに異質のものであるかは、この一作をみるだけでおそらく十分であろう。「拝みあげるように綯」いあげるという的確な描写と、「うしろからたぐりだす／お月さんのしっぽ」という童画的な比喩は、たくみに調和しておだやかなリズムをうむ。(「地方詩人と詩の地方性―井上多喜三郎論ノート―」昭41・5、『抒情の系譜』文童社)

厳しい暮らしは、幼童にも夜半の縄綯いの作業を強いる。農閑期の自宅土間で、二束の藁《わら》が綯いあわされ次第にのびて行く。その小さな掌が「拝みあげる」という比喩も秀逸といえる。縄が緩まないように子どもたちは尻の下にそれを固定している。

月影が兄妹たちを照らしている。見守っているのは満月であろうか。尻から延びる縄の影が、月の光でくっきりと見える。これが「お月さんのしっぽ」であろう。月を擬人化すれば、子ども達を励ます月が彼らの擬態をしている情景ともなる。

こうした「童画的な比喩」はまた、夜の月(天界)と夜なべの幼童(地上界)との無言の交感がなした幻想とみなせようか。反歌に擬《ぎ》せられる第三連の一行も効いている。このふくろうは、幻想と現実の交叉を統《す》べて、しかも夜の時の推移を見守る存在の比喩なのでもあろう。

河野の指摘したように、戦前のモダニズムの洗礼を受けた井上の「名人芸」的な詩法には、現実の世界をそのまま心象の世界へと移行させる清澄な詩精神（エスプリ）があふれているようである。決して饒舌でないこの詩の奥行きには、童心を失わないでいる作者の人間としての心の温かさも横溢《おういつ》していよう。「私は話したい」に通ずる人と自然との心の会話が、この「勤」からも見出せるようである。

ここまで井上多喜三郎の代表的な詩、また個性的な人物印象について素描してきた。それにしても、和田利夫も前掲『郷愁の詩人　田中冬二』で「その詩的営為にもかかわらず、昭和詩史で不当に無視されている事実は訂正される必要」があると書いたように、この近江に生きた詩人の文学史的評価は、不当に低いのではないだろうか。

全国的な文学事典をみても、詩人の事典でもっとも分量の多い『日本現代詩辞典』（昭61・2、桜楓社）に記載はあっても、全ジャンルの文学者を網羅《もうら》する、日本近代文学館編『日本近代文学大事典』全六巻（昭52・11〜53・3、講談社）にはその記述がみあたらない。じっさい中央詩壇の文学運動と距離をおいて生き、その結果、名の埋もれてしまった詩人は多い。それに晩期の詩風に真骨頂をみせた井上のような詩人は、初期の活躍を重視する文学史家から見過ごされがちである。

ところで、一般に近江の地は文学的に豊穣《ほうじょう》の地ではないといわれる。井上は〝近江商人〟の一人でもあったのだが、井上と同年生まれで五個荘町出身の作家・外村繁（一九〇二〜六一）は文学に生きるため、曲折を経て豪商であった旧家の跡取りの道を捨て、東京で作家として一本立ちをした。また大津生まれの詩人・北川冬彦（一九〇〇〜九〇）、彦根出身の歌人・木俣修（一九〇六〜八三）も若年で郷里を離れ大成した。

同郷の文芸人たちの動向に比して、井上は生涯、家業から離れることはなかった。あるいは井上がそうしたことを望んでいたかは措《お》いて、彼も東京周辺に居住していたならば、現在よりもっと正当な評価がなされていたかもしれない。しかし井上は、近江という風土と切り離せない詩人である。その一生は、出征し抑留生活を送った数年間を除いて、郷土近江と共にあった。全国的にみればいまや無名に近いとはいえ、生前は戦前戦後を通して、郷在詩人ではもっとも中央に知られた詩人のひとりでもあった。

井上の嫌った言葉でいうなら、埋もれかけた「地方」詩人を再評価する近年の気運の圏内に、この近江の詩人は当然入ってくるべき一人なのではなかろうか。ついては、あらためて井上多喜三郎の詩業を評価しなおすべき時期がきているのではないか、と筆者は考える。

そのためにも、人々の記憶のなかから埋もれつつある井上の業績をできるだけ発掘し、その意義を再検証しておきたいと思う。あわせて、井上にとっての詩作の意味、また「近江の多喜さん」と親しまれた好人物ぶりも、現代の読者に知っていただきたいと願う。次章から近江の詩人・井上多喜三郎の生涯と文芸の変転を、評伝のかたちで紹介してゆきたい。

第2章

出　発　期

帽子をかぶった肖像。20代後半

井上多喜三郎の生家は、詩碑のある老蘇小学校から南西へ二百メートルほど先、鎌《かま》若宮神社の隣に、ほぼ詩人が暮らしていた頃の状態で建っている。見たところ格子窓の目立つ和式民家だが、入口脇に「老多呉《おいた》服店」と浮彫された木製の札が懸かっている。当主の喜代司《きよし》氏は詩人の長男で、父の仕事を継いでいる。井上家の情報の多くは、喜代司氏が手紙や談話などで全面的に協力して下さったお蔭で知り得た。

井上多喜三郎は、明治三十五年三月二十三日に長男として生まれた。西老蘇は当時、蒲生郡老蘇村に属していた（昭29年に安土村と合併して安土町となる）。店は曽祖父の多兵衛（文久二年没）が岐阜大垣から老蘇に移住して創業した。当初の屋号は「多平」で、明治十八年に「老多呉服店」と改名された。

二代目で多喜三郎の祖父にあたる瀧治郎は、囲碁と将棋、そして詩歌を趣味とした。多喜三郎が小学校入学以前に百人一首を暗誦したのも祖父の薫育《くんいく》によるという。多喜三郎は幼少からの瀧治郎の感化により、文学に導かれていったと考えられる。

瀧治郎には子どもがなく、父の九蔵《くぞう》は養子であった。九蔵は明治二十八年に二十歳で井上家に入籍し、三十四年に七歳年下の寿《す》がと結婚した。九蔵は倹約家で働くのが趣味のような堅物であったといい、文学芸術には縁が無い人であった。四代目の暖簾《のれん》を継ぐことになる多喜三郎とは、

生家

しばしば衝突もあったことであろう。

多喜三郎には、八つ年下の妹・寿満《すま》（子）がいた。のち滋賀県女子師範学校を卒業し、栗東出身の高谷《たかや》健という人と結婚して、戦前は夫婦で旧朝鮮に渡り小学校の教諭をしていた。なお明治三十六、三十九、四十一、四十五年、大正四、十一年にそれぞれ生まれた弟妹もいたが、生存一日から二日（大正十一年に生まれた四男・定一は四歳まで生きた）で没している。こうしたことから二人だけ成人した兄妹は、おそらく相当大切に育てられたであろうと推察される。

井上は、老蘇村立尋常高等小学校（現・安土町立老蘇小学校）高等科を大正五年三月に卒業した。ここで、随想「繖南《さんなん》雑記」（昭29・2、『骨』）の「黴《かび》の生えた詩歴」から以下の回想を引いておこう。

小学校時代は第一次欧州大戦の最中で、侵略された白耳義《ベルギー》に同情して、綴方の時間に詩らしいものをかいたのがやみつきになつてしまつた。秀才文壇とか自由文壇とか投書雑誌があつて、もつぱら小説をかき俳句をつくつてひとかどの文学青年を気どつていたのだが、いずれも禿筆《とくひつ》で到底ものになる見込みがなく、特に好きな洋画を志して家出をしようとさえした。その頃（大正八、九年ごろ）東京に彦根市出身の喜多清哉という友人がいたが、すすめられて井上康文編輯《へんしゅう》の「新詩人」に加わり詩に専念するようになつた。

井上は大正三年の綴り方の時間に作った長詩を先生に褒《ほ》められ、以後詩文の創作を試みるようになる。また『きぬがさ』という同人雑誌（回覧誌か）にも詩を書いていたというが、詳しいことは分っていない。

井上は当時の多くの文学青年と同じように、投稿誌に俳句や小説を送っていたようだが、いっぽうで洋画家も目指していた。それで大正十年には日本美術学院を、また翌年九月に早稲田大学の文学講義も修了している。これらはそれぞれ一年間、一年半の間に学ぶ通信教育機関であった。たとえば田口掬汀《きくてい》主幹の日本美術学院は月刊の講義録を発行しており、洋画科ではそのころ藤島武二、石井柏亭、岡田三郎助も講師をしていた。

この前後の時期に、井上は近くに住む絵画好きな友人と家出を試み、東京に住んでいた伯父・中村明（母の兄）の所に身を寄せたことがある。母には了解を得ての上京であったが、父には内緒であったため、九歳はほどなく東京へ出向き、多喜三郎を伯父宅から連れ戻した。この事件の後、井上は京都山科にある一燈園（明治38年に西田天香が創設）でしばらく修行生活もしていたらしい。

「長男であつた私は、古いおやじの考へ方から、よんどころなく家業をつぐことになつた」と随筆「こどもの詩について」（昭41・6、『骨』）で書いた井上は、「元来商売がきらいで、学問や画かきで、身を立てたいと、念願して」いた。しかし、その願いは果たされなかった。「何によつてその不満を、なだめてゆくかになやんだ」井上だが、「相談相手になるようなしたしい友」はいなかったという。孫のよき理解者であった瀧治郎も大正九年、井上が十八歳の時に、六十五歳で亡くなっていた。

学問や絵画という自らの可能性の道を断った「家」、そして自分には不向きな商売に自由を拘束されて、青年井上の心中は悶々《もん》として孤独であったに違いない。彼は家業に従事するかたわら、遠方の文学志望者と文通し、詩作の道に光明を求めるようになってゆく。

北村透谷はかつて「厭世《えんせい》詩家と女性」（明25・2、『女学雑誌』）のなかで、「詩人は頑物《がんぶつ》なり、世路を濶歩《かっぽ》することを好まずして我が自ら造れる天地の中に逍遥《しょうよう》する者なり」と述べた。この透谷の論に関連づけていうなら、商人としての井上＝「実世界」と、詩人としての井上＝「想世界」との相克は、常々の彼の悩みの種であったに相違ない。

その後も「私の業は詩である。詩の他の何ものでもない」と常に考えて生きた井上ではあったが、「詩ではたべられない私は、先祖伝承の商売を営みながら、一家の生活」を支える（「詩は一生の道」昭29・3、『骨』）というのが実情であった。

井上の文学的出発期は、彼が十九から二十歳の頃、大正十〜十一年から始まる。

当時、民衆詩派詩人のひとりであった井上康文《やすぶみ》（一八九七〜一九七三）は、大正十一年九月号から『秀才文壇』の詩の選者になっていた。その前年には短歌の選者に内藤鋠策《しんさく》（後述）の名もみられる。井上多喜三郎はこうした名に親しみ、喜多清哉の勧めもあって詩誌『新詩人』（大10・5創刊）に参加していたようである（同誌は未見）。

ちなみに、大正七年創刊の詩誌『民衆』に属した民衆詩派の詩人には、井上康文のほか、白鳥《しろとり》省吾《せいご》・富田砕花《さいか》・福田正夫・百田《ももた》宗治らがいた。民主主義思想を背景に、郷土、そして庶民の生活に密着した現実的な題材と表現形式をとったことを特徴とし、個性と自由を尊重した。散文的な口語による作詩は批判の対象にもなったが、民衆詩運動は大正中期の詩壇を一時席巻《せっけん》していた。

ところで喜多（北川）清哉の履歴は不詳ながら、彼の「井上抱湖君」宛書簡（大11・11・23）の存在から、大正十一年の『秀才文壇』誌に載った「滋賀　井上抱湖」の以下の俳句が、二十歳の井上多喜三郎のものであると知られた。

脊戸《せど》のせゝらぎに魚浮いて柳芽を出して

鶏のそばに雀等餌ついばむやとろける陽

荻原井泉水《おぎわらせいせんすい》選「俳句」欄に載った、これら自由律による自然詠は、身近であった田園風景の、のどかな時間の流れを印象的に表わそうとしている。第一句（大11・5）は、家の裏口に流れる小川の景色から早春の生命の活気をとらえようとしており、第二句（大11・6）は庭内で鶏と共に雀たちが餌を懸命に食べる様子を、初夏の日差しが作者の視線ごとつつんでいる、といった趣である。二句とも感覚的、絵画的なとらえかたで自然の生気をそのまま句の世界に移し替えようと試みている。

選者の俳人・荻原井泉水（一八八四〜一九七六）は、河東碧梧桐《かわひがしへきごとう》と『層雲』誌を発刊した後、碧梧桐とは袂《たもと》を分って大正三年に印象詩・象徴詩風の俳句を提唱し、俳句の近代化に努めていた。そして俳句における「光」「力」の内在を重視し、自然の心を感得する物心一如《いちにょ》の世界を求道していた。

荻原は自由律俳句を近代詩の一分野と考えていたようだが、すでに井上が試作ながら印象詩風の短詩ともみなせる作を書いていたことは、のちの作風展開を考察する上でも興味深い。井上は晩年に至るまで印象詩的な傾向や、自然の生気あるものとの交感を感覚的にとらえようとする創作態度を堅持し続けていたからである。

さて、前掲「黴の生えた詩歴」には、次のような回想もある。

大正十一年には名古屋「青騎士《せい》」の三浦逸雄君の骨おりで第一詩集の「華笛」を上梓した。十二年には大津歩兵第九聯隊《れんたい》に入隊したが、軍務の余暇には弘文天皇の御陵《ごりょう》の垣根にすわりこんで、詩をつくり小説にしたしんだ。それでも中隊一番で上等兵になり、聯隊通信では一人きりの伍長勤務になつて服の腕に蝶々をとばした。在営中、その詩作品から抄出して「花束」を刊行した。

第一詩集『華笛』は大正十二年二月に刊行された。発行所は蒲生郡日野村日田、野田恒三方の安田新吉となっている。なお『滋賀県百科事典』（昭59・7、大和書房）の、井上の項目には「処女詩集『女竹《めだけ》吹く風』」「同人詩誌『花束』」といった記述があるが、『花束』『女竹吹く風』は第二、第三詩集であった。

その「小序」によると、「重い生にあえぎ　あえぎ　村々を訪ふ貧しい行商人」の「私」は、夜半に「日課を包むべき美を求める為に、自からが自からの魂の鈴をほがらかに打振つて」、「神前にぬかずく厳《おご》そかな気分で」詩を書き溜めていた。「寂しそうな顔つきでだまりつこしてゐる普通民衆におくる」つもりでいたとも書かれている。しかし詩の形式にあきたらず、煩悶《はんもん》の末に五冊の詩のノートを引き裂き、竈《へっつい》にくべて灰にしてしまう。それでも二日後、あらためて「ペンを握り、記憶に残る詩のみをつぎ合」して編んだという。

収められた詩は二十六篇で、以後の井上の詩集に比して最も作品数は多い。順に「冬の態」「木枯」「あかぎれ」「踊」「幸福の唄」「金魚」「晩酌」「峠」「足」「朝」「願望」「獄衣」「都会人」「情死」「海」「梅花」「大阪」「無花果」「涙」「髯」「暁山」「薫烟」「京の町」「女」「大根引」「迷林」と題され、井上のいう「普通民衆」の日常に取材した作が多い。

その題材や内容は、やはり民衆詩派と通底するところが多いように見受けられる。なかでも、老人が坂道で荷車を苦しんで引いていたところへ、駆け寄ってきた女学生が車を押す「峠」や、以下に引用する「大根引」などは、郷土での生活によった平明な内容の民衆詩といえよう。

、、、、きりつたての紺半天《ママ》に身くるみ
母が織込まれた雀の唄に
霜の畦《あぜ》　畦　を泳いで
大根引く嬉しさ
ま一文字に張つた青空に響く　響く

黙つて渡す
辛苦の汗に肥えた見事大きな大根を
妹は藁屑《わらくず》で磨き
皮剥《む》く　皮剥く　唇の鮮紅《あか》さ

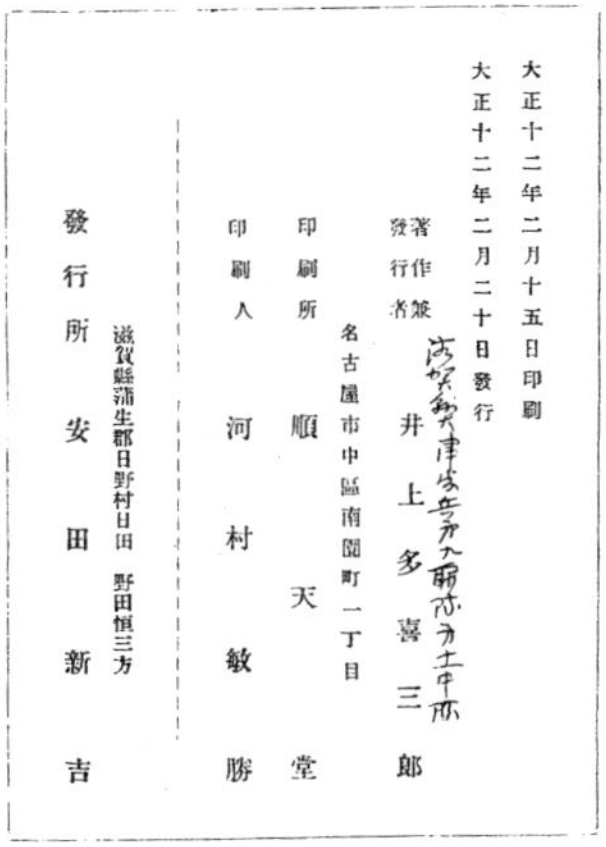

大正十二年二月十五日印刷
大正十二年二月二十日發行
著作兼發行者　井上多喜三郎
名古屋市中區南園町一丁目
印刷所　順天堂
印刷人　河村敏勝
滋賀縣蒲生郡日野村日田　野田恒三方
發行所　安田新吉

【錢拾六價定】

『華笛』の奥付
（神奈川県立近代文学館蔵）

微笑に　喰ひ欠いて呉れる
大根の純白さ
はつきりついた歯の痕《あと》
濃やかな愛はしたたる

僕はこの青く爽やかなものを
楽しさに満ち満ちた生気で引き
盛りあがる聖らかな土の
素牧《そぼく》さに満足する

なお大正十一年九月に名古屋で創刊され、春山行夫も活動した『青《せい》騎士』誌には、井上の詩が一作掲載（大11・11）されていた。そうして同誌にみられた象徴派・超現実派的傾向も、この詩集には存する。何か秘め事を暗示している「無花果《いちじく》」や、性への惑溺をシンボリスティックに叙す「迷林」はその代表例といえる。

ただし『華笛』には詩語や形式の洗練に欠ける憾《うら》みのある詩が多く、詩集としての統一性もまた曖昧なのは否めない。習作集と位置付けるのが穏当であろう。それでも次の「海」は、比較的完成度が高い詩と思われる。

生《き》一本の爽《さわ》やかさで
純白の帆を立てた貝がら船の
真蒼な　輝やかしさを　つつ走り
まつ裸の女の　若い熱情が
きさくに飛びこんで
こもつた力の波の腕に　捧げられてゐるのが見えるんだよ
充溢した歓喜の海　海　よ

おお　生への悩ましさをすつぱり取除き
晴々しい海の様に　この胸を張り
あらゆる階級の人々にも　こぞつて可愛がられたい

砂浜に疲れた私は静かにうもれ
汐風に浸《ひた》れる根上り松の
永遠の　深緑のしづくに　とつぷり濡れ
いつ迄《まで》もあかず　くつだく《ママ》せずに
美はしい海を　なつかしむ瞳に　かい抱いてゐた

「晴々しい」「美はしい」海と「まつ裸の女」に象徴される、世界と人間との有機的調和は、鈴木貞美のいう大正生命主義的な自己認識の一例ともなっていようか。あきることなく屈託もせずに、海を瞳で「かい抱いて」いる「私」は、しかし「女」のように海に飛びこみはしない傍観者でもある。そこから「生への悩ましさ」に縛られて「疲れた」者の閉塞感、ただ「なつかしむ」のみの観念性を認めるのも可能かもしれない。とはいえ自然への共感、海＝生命との一体化の願望に仮託された自己肯定がうかがわれる「海」の向日《こうじつ》的、肯定的な生命憧憬は棄てがたい。

なお、井上は陸軍の第十六師団歩兵第九連隊第二中隊（大津）に入営し、一年間新兵教育を受けていたわけだが、その間に「一番で上等兵」、また「伍長勤務」まで昇進したのが事実なら、生来頑健であったとはいえ異例のことである。ちなみに『歩兵第九聯隊史（大正十二年版）』（大

12・5、帝国聯隊史刊行会）の「下士の優遇及《およ》其の志願心得」には「下士志願を採用せられたる者は入営の年の翌年末に上等兵となり三年目の始《はじめ》には伍長に任ぜられ」ると記載されている。それから第二詩集『花束』は未見で詳細は不詳ながら、大正十三年二（十二か）月頃に聖火詩社から発行されている。角田竹夫からの書簡（大13・12・21）には「随分ゼイタクな美本で驚きました」との『花束』評があった。

　ところで、井上は不定期ながら大正十四年七月創刊の『東邦詩人』から、昭和十五年七月に最終号が発行された『月曜』（第二次）まで、未確認のものを含めて三十四冊ほどの詩誌を発行している。戦前の井上といえば『月曜』誌の編集者として知られていたが、それ以前に彼が発行した『東邦詩人』『井上多喜三郎パンフレット』『詩人』の存在は、ほとんど知られていない。これらは、いずれも三号雑誌で終っているようなのだが、大正十五年頃に発行の『井上多喜三郎パンフレット』の一、二号と昭和二～四年の間に刊行された『詩人』全冊は所蔵先も不明で『花束』同様、

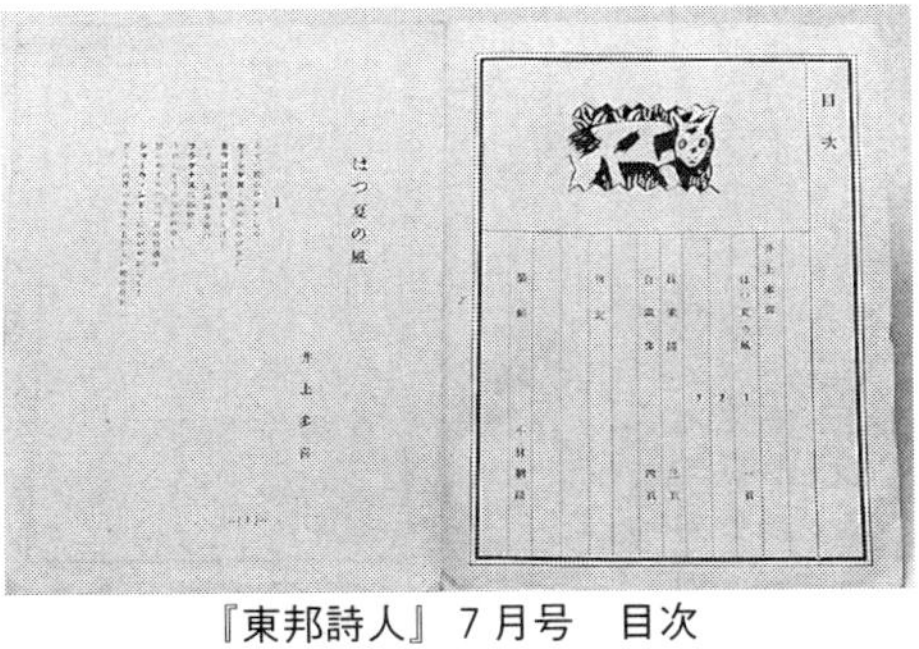

『東邦詩人』７月号　目次

筆者には幻の資料になっている。

大正末期から昭和にかけて、日本の各地域で文芸同人誌が急増したことは、志賀英夫『戦前の詩誌・半世紀の年譜』（平14・1、詩画工房）などでも知られる。『東邦詩人』の発刊された大正十四年には、『青空』『世界詩人』『詩之家』『辻馬車』『銅鑼《どら》』といった同人（詩）誌が産声をあげていた。翌十五年は『近代風景』『驢馬《ろば》』『椎の木』などが創刊された。志賀もこの年に「刊行された詩誌は約二百点はあると推測」する。つまり空前の文芸同人誌群立の時代なのであった。

さて『東邦詩人』全三冊は、大正十四年七、八、十月に井上の自宅にあった東邦詩人聯盟から発行された。平均約八頁、印刷所は八日市の西田活版（印刷）所で、『月曜』最終号まで印刷は同所がおこなっている。同人の喜多清哉などの寄稿はみられるとはいえ、『井上多喜三郎パンフレット』同様、個人誌といってよい。なお同誌に詩を発表していた喜多は、のち俳句に転じて昭和十二年三月の『春聯《しゅんれん》』第四号までに計七回の寄稿をしていた。

井上の詩のスタイルはここで『華笛』のそれとは一変し、短かい詩型、明るいモダニズム調のリズムと用語が使われるようになる。自ら第二号で「印象詩派」と名づけた、瞬間のイメージを把握しようとする詩が書かれるようになるのである。そうして大正十五年十一月発行の『水色の風景　井上多喜三郎パンフレット』第三号には、発行所の名称が聖火詩社と変わっているものの、破調の短歌、『東邦詩人』と同傾向の詩が掲載されていた。それらから「秋」を引こう。

ポン――――と打揚げられた花火の、風船が
いい気分になつて
運動会を見物してゐる。

井上の「印象詩派」的表現を示すこの短詩は、花火から擬人化された風船へのイメージの転回が面白い。シュールレアリスム詩の試作とみなせよう。擬音や擬態を片仮名語にし、それらをゴシック体にしているのも、この時期の特徴といえる。

大正十年十二月、平戸《ひらと》廉吉《れんきち》が街頭で配ったリーフレット「日本未来派宣言運動」から日本のモダニズム運動は始まったとされる。その後、作家の横光利一は「感覚活動」（大14・2、『文芸時代』）で未来派以下ダダイズム等の文芸運動を「新感

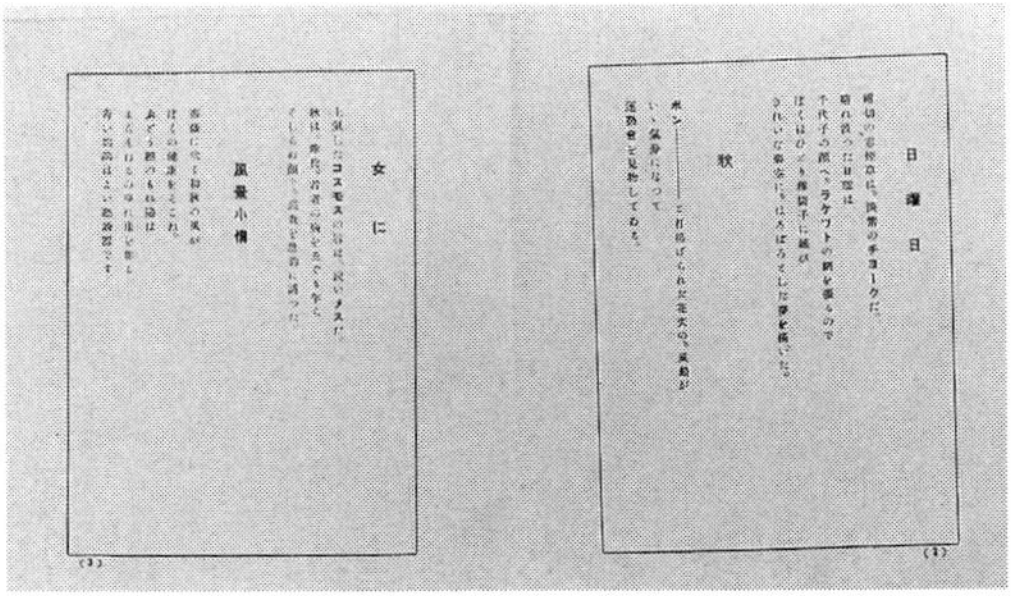

「秋」ほか『井上多喜三郎パンフレット』第３号

覚派に属するもの」とした。「新感覚的表徴」は「悟性によりて内的直感の象徴化《シンボライズ》」されたものでなければならないと説く横光は、「新感覚なるものの感覚を触発する対象は、勿論《もちろん》、行文の語彙《い》と詩とリズムとからであるは云ふまでもない」と書く。他にも「テーマの屈折角度」「黙々たる行と行との飛躍の度」等からなる「触発状態の姿」もあるとした。

「秋」にみる感覚の屈折、行間の飛躍は、こうした新感覚的表現の実践とも受けとめられる。つまり井上は、当時流行した新感覚派の主張に詩作で呼応していたということになろうか。時代の歩調を敏感に察知して詩風をモダニズム調へと転換させたと考えられる井上だが、それだけまだ自己の詩法を模索する段階にあったともいいうる。

さて、井上は俳句や詩とあわせて短歌の創作も行ない、西村陽吉が主宰した現代口語による短歌誌『芸術と自由』にも投稿していた。大正十五年四月号には「風景小情」と題された七首が掲載されている。ここから二首を引いておきたい。

曇天《どんてん》のくさつた腸をつきさしたマストのやうな葱《ねぎ》の青さだ

馬橇《うまぞり》の鈴の匂ひが豊かです　曠野《こうや》いっぱいの春の雪　雪

両首とも、先の自由律俳句に通ずる自然詠であり、感覚の新鮮さの表現に工夫がうかがえる。深みはないが、自然の生気を映像的にとらえた一種の短詩とみなされる。

なお「曇天の」の歌は、のち井上編『歌集 三人』（昭4・5、聖火詩社）に収録された。井上の「序」によると、同書は「歌作精進の親友」、すなわち「松葉屋菓子舗」主人・樋口百日紅《さるすべり》と、「鉄道の職員」田村松之丞《まつのじょう》とによる自選歌集であった。「私達の歌が、三人の善良なこころの、活きた投影であれば甚幸」と上梓《じょうし》の意気も簡潔に述べてある。発行者でもあった井上の歌は二十首収められている（「春のマーチ」八首、「百合色の夏」五首、「サンポのコース」五首、「自画像」二首）。

大正15年、23歳の井上

共著者のひとりである田村松之丞（一九〇一～一九五九）は、大正六年頃から生田蝶介に師事し『吾妹《わぎも》』誌にも同人参加した歌人であった。大正十一年の『秀才文壇』にもその名が見出せる。井上より一つ年上で、大津市神領《じんりょう》に住み国鉄職員をしながら戦後まで滋賀歌壇で活躍していた。同郷の投稿仲間として早くから親しくなっていた模様である。

この時期の井上の人物像を知る手がかりは少ないが、詩人で日本画家（号・大虹《たいこう》）でもあった天野隆一（一九〇五〜九九）は、大正十四年一月に、京都で詩誌『青樹』を創刊していた。「優しい詩鬼」（昭37・4、『RAVINE《ラビーン》』）によると、天野は大正十五年ころに井上と知り合った。その頃は「着物につかいの羽織を着て、頭は丸坊主で、円顔の上品な坊ちゃん然とした印象」であったという。「今の蓬髪の多喜さんのみ知る人には、一寸想像もつかないかも知れぬが、春風駘蕩《たいとう》とした風貌は今も昔も変りはない」という天野は、以降井上と四十年以上交友した。なお井上家では、天野が描いた襖《ふすま》や屏風のある座敷が〝太閤の間〟（命名は岩佐東一郎）と呼ばれていた。

やはり昔からの友人で、戦前から頻繁に手紙をやりとりしていた岩佐東一郎（一九〇五〜七四）は、東京在住の詩人・随筆家であり、堀口大学に師事した。田中冬二と井上の縁をとりもったのも岩佐と思われる。戦前は城左門《じょうさもん》（昌幸）と文芸誌『文芸汎論』を経営し、戦後はNHKラジオ（のちテレビ）「とんち教室」の出演者としても知られた。

岩佐は「四十年近く」昔のこと、母の病気のため京都四条にあった旅館に一年間滞在していた時、向かいに住む天野隆一から井上を紹介された。井上は「和服に角帯白足袋で前垂れをした一見して呉服屋の番頭さん風な大がらな人物」で、「手には大きな風呂敷包みをかかえて」いたという。その折、二人は風呂に入ってうちとけて以来の友となった。

浴槽で井上は「あんた、お酒は呑みはりますか」と話しかけ、岩佐が飲めないと返答すると、「京都へ折角おこしやして呑まれんとは惜しいこっちやなア」と残念がり、「けど、初対面そうそう遠慮なくお風呂まで貰うてしもうて厚かましいことです。かんにんしとくれやっしや」と謝した。岩佐がこれこそ「ハダカづき合い」だというと同意して大声で笑い、背中を流してくれたが、「その力のあることにいささか参った」とある（「初対面」昭41・9、『RAVINE』）。当時の井上の話した言葉まで岩佐が正確に記憶していたのかは眉唾ものだが、井上の肉声や人柄の雰囲気は、ともによく伝わってくる。

第3章

昭和初年代―『月曜』発刊―

第3詩集『女竹吹く風』の扉（国立国会図書館蔵）

大正十五年五月、井上多喜三郎の第三詩集『女竹《めだけ》吹く風』が聖火詩社から発行された。装幀は井上自身で、デザインや造本など、凝った意匠となっている。序詩二篇「風の匂ひ（序曲、麦笛小情）」、序文「女竹ふく風の音信」、作品表、そして「Virgin」（作品表では「娘素描」）「手風琴《アコーディオン》」「おもひで」「点燈夫」「月」「しののめ海景」「小鳥捕図」「モオダン・ガアル」「Madonna,」「トラムプ断章」の詩十篇。最後にアフォリズム風の「抒情詩断想」が載っている。初出は未詳だが、おそらく全作書き下ろしと思われる。

Virgin

かれくさのにをひ
麦のにをひ
パン素のにをひ
夕やけの海のにをひ
白いかもめの翼から産れた風のにをひです。

しののめ海景

港の海にひえびえと
しののめのどよめき
りきゅうるの瓶《びん》をゆする
かそかなる人魚のなげかひ。

「Virgin」の連想の飛躍、「しののめ海景」にみられる夜明けの憂愁のイメージは、機智的感覚を主題とし、反写実的傾向を顕著に示している。個々の言葉の意味よりも、言葉の総体が醸《かも》し出す感覚美を重視するような詩法を、井上が駆使していたことが知られる。ちなみに天野隆一は、初期の井上詩の特徴について次のように指摘していた。

作品も当時の文壇の新感覚派、或は初期の超現実派、更にコクトオの短章に強く影響を受けたのに、その郷土の田園調がもの柔かくミックスしていて、我々は多喜さんを〈老蘇村のモダンボーイ〉と呼んでいた。(「再び優しい鬼」昭41・6、『骨』)

井上は同時代の詩壇の趨勢《すうせい》に応じた、明るく洗練されたリズムのある詩を意識的に創作していたが、天野はそこに田園調を見出した。「老蘇村のモダンボーイ」とはどこか野暮な響きだが、田園詩人の「モダン」さには、どこか無理して仮装した「バタ臭さ」がある。

また井上の初期の詩には、彼の師事した堀口大学（一八九二〜一九八一）のフランス翻訳詩集『月下の一群』（大14・9、第一書房）からの影響もある。同書のアポリネール、コクトー、ラディゲ、ポール・フォールの短詩と井上詩の主調音は似ている。たとえばコクトーの、「シヤボン玉の中へは／庭は這入《はいれ》ません／まはりをくるくる廻つてゐます」（「シヤボン玉」）の軽妙なエスプリは、そのまま当時の井上の詩法に通ずるといってもよい。たしかに『女竹吹く風』で井上は手際のよい詩も書いていた。だがそれらは時代の動向に感化された作で、詩人としての個性の自立という点ではもの足りない感が残ってしまう。

天野隆一と
（昭和37年頃、京都のイノダコーヒー前）

井上は昭和二年から、歌人の内藤鋠策《しんさく》（一八八八〜一九五七）主宰の『抒情詩』に同人参加し、「印象詩派詩篇」を二度発表している。『抒情詩』は、大正元年十月に創刊され、多くの若手詩歌人に発表の場を提供していた。

内藤の歌集『旅愁』（大2・4、抒情詩社）は、「ほととぎす、胡桃《くるみ》若葉の丘つづき小雨に慣れし家のこひしき」のような破調の歌を多く収め、当時の歌壇にも影響を与えていた。旧来の短歌を変革しようとする内藤の韻文観には、近代詩と俳句を融合させようとした荻原井泉水にも通じるところがあった。

この『抒情詩』昭和二年四月号に掲載された「印象詩派横書」は、井上には珍しい詩論である。ここで井上は、情緒を内部から統一する「有機的韻律」すなわち「韻律なき韻律の変化」（＝「神変」）によった「美はしい調和」を、「言葉の上に表徴したのが詩」だとしていた。「詩は純粋な活力素と、高翔的な音楽と、力強い魅力と、新鮮な味覚とを持つた美しいピチピチした生きものである」との主張には、新感覚派の見識に近いところがあるようだが、あらたな詩作への信念を表白しようとの、若い詩徒の気概があふれている。

その後井上は、昭和三年四月に発刊された、前田夕暮《ゆうぐれ》主宰の第二期『詩歌』の同人に推挙される。そして当時の前田も主唱していた口語自由律の短歌をしばらく発表した。同時に、前田の高弟で県内の現・蒲生町で住職をしていた米田雄郎《ゆうろう》と懇意《こんい》になる。それから、近郷の洋画家・野口謙蔵とも米田を介して親しくなっていた。井上は野口の心象的風景画を愛し、野口が亡くなった昭和十九年の葬儀では弔辞《ちょうじ》を読んだ。なお井上は画家では他に小杉放庵も好み、二人の絵画を自宅に飾っていた。

井上は第四詩集『井上多喜三郎詩抄』を、昭和四年一月に聖火詩社から刊行する。序文と短詩を収めた小冊子で、詩は「リンゴ」「朝の手紙」「花」「エァシップ」「清秋」「冬の旅」「美学探究」「断章」「言葉の極み」の九篇。ここから「冬の旅」を引く。

ミカンの実
ミカンの実
フレッシユな
山のいきざし
段々畠のあかるさに
とうとうとラッパ

駅馬車を馳《はし》らすもよい
遠いふるさと
かなしい人生をおもふもよい。

片仮名の目立つ詩語からは、蜜柑の香る山のモダンな田園風景のイメージ化が伝わる。第二連では、この「旅」の風景に何か空想の点景なり心象のヴェールなりを添えようとしている。感傷味のまさった連想の飛躍から、読み手はいくばくかの非日常的知覚を喚起されるであろう。安西冬衛《ふゆえ》や北川冬彦の短詩のような、空間（ブランク）を利用することで詩を純化させる効果も認められる。

なお「冬の旅」は、『詩歌』（昭4・2）でも短歌二首「ミカンの実、ミカンの実、フレッシュな山いきざし段々畠のあかるさに、とうとうとラッパ。」「駅馬車を馳《はし》らす、もよい、遠いふるさと、かなしい人生をおもふもよい。」となって発表されていた。

こうしたことは、表現者の文学形式観の所在を疑わせるところでもあるが、詩と歌を比べて読むと、のどかな雰囲気や余情、行間のリズムの点で詩の方が優れているように思われる。いずれにせよ、贅《ぜい》を削《そ》いだ井上詩の発想の基底には、口語自由律の俳句や短歌と通ずる脈が存しているようである。ちなみに、昭和四年に『歌集　三人』を発行していた井上は、昭和六年に作った口語自由律短歌を翌年に発表（『月曜』創刊号）して以降、短歌を発表しなくなる。

ところで、『井上多喜三郎詩抄』の「序」には「私の詩は私の宗教です」、「詩心は私の善良なるもの真実なるものの全部」と書かれてある。

かつて井上は「金沢犀《さい》川べりのお宅」の室生犀星を訪問した（「各人各説」昭10・10、『文芸汎論』）ことがあった。若年の頃と思われるが、室生の愛読者であったろう。その室生は「詩と宗教とについて」（大7・4、『新しい詩とその作り方』文武堂書店）で「明らかに、詩は宗教でもある」としている。

室生は、詩作を「此《この》世界の煩雑な仕事からかけ離れた（世の中にとつて無益とさせられてゐる）苦行である」としながらも、そこで詩人は「内部に深い信仰をもつてゐるといふ安心」を得ているとした。詩は「疑ひなき『神のゐるやうな温かい王国』」であり、詩作にたずさわる者の幸福もそこにあると書いていた。

「詩は私の宗教」は、晩年に至るまで井上の口ぐせであったという。室生のいう「神のゐるやうな温かい王国」への「深い信仰」は、詩作を生きがいとしていた井上の存念するところでもあったと思われる。「王国」は詩人の内なる美の想念であり、詩人はそれを「信仰」し、各々の詩の世界に再構成しようとする。
井上のいう「善良なるもの真実なるもの」はそのまま彼にとっての美であり、詩の精神であったろう。それを詩のかたちに表わす無償の苦行は、宗教的な法悦《ほうえつ》をもたらすものでもある。だが、現実生活とは別個の美の世界を構築しようとした井上は、それだけ生活に根づかない現実遊離の詩を書き続けることになる。

日本の近代文学史をみても、大正後期から昭和初年代にかけては、モダニズム芸術運動が盛んな時期であった。たとえば、春山行夫編集により昭和三年九月に創刊された季刊誌『詩と詩論』は、現代詩に至る大きな影響力を後世まで与えたことで知られる。春山のほか北川冬彦、安西冬衛や、三好達治、近藤東《あずま》、竹中郁、北園克衛《かつえ》、瀧口修造、そして西脇順三郎などが同人として参加した。大冊であった各号では、さまざまな詩の実験的手法が試みられ、イメージとフォルムを重視した知性的な造型、レスプリ・ヌーボーの自覚に立つ意識的な詩精神の改革が目指された。同時期に隆盛したプロレタリア文学に顧慮することなく、井上は詩的刺激をモダニズム運動に求めていた。

井上と親しい詩人たちも、この時期には次のようなモダニズム調の詩を発表している。

用心ぶかい奥さんのやうに
雨は可愛いい素足を見せぬ
青い林檎の皮膚《はだ》のやうな
つめたい街の夜景です（岩佐東一郎「秋の雨」昭3・11、『パンテオン』）

みぞれのする町
山の町
ゐのししが　さかさまにぶらさがつてゐる
ゐのししのひげが　こほつてゐる
そのひげにこほりついた小さな町
ふるさとの山の町よ
――雪の下に　麻を煮る（田中冬二「みぞれのする小さな町」昭4・1、『パンテオン』）

どこを押すと
そんな音《ね》が出るの
手風琴《アコーディオン》のやうに
膝に抱かれて?（堀口大学「手風琴」昭6・5、『セルパン』）

各詩の印象的な比喩にはそれぞれの詩人の個性がよく表出されている。岩佐の詩は井上の詩とほとんど見分けがつかない。抒情詩人である田中の詩にみられる郷愁は、その後も変わらない。堀口のいささかエロチックな比喩も、この詩人によくみられる特色といえよう。

北川冬彦は、『詩の話』（昭24・8、宝文館）のなかで「知的遊戯に終始する詩人」の例に堀口大学を挙げていた。堀口の詩は「機智」「ユーモア」を「その武器」としていると北川は批評しているが、堀口評の是非はともかく、この言葉はそのまま井上詩のスタイルへの評言にもなっているのではないだろうか。モダニズム詩にはそもそも、切れば血の出るようなパッションも、思想のありかや生活者臭も希薄なところがあるが、この時代の井上にも「知的遊戯」的傾向は顕著に現われている。

ところで、堀口大学に井上が弟子入りした時期がいつであったのか、これがはっきりしない。

堀口の「多喜さん追悼」（昭41・5、『詩人学校』）によると、「井上君入門の時期」については「正確なことは全く不明」らしい。ただ「門弟第一号」の岩佐東一郎が「〈先生、先生〉と、やたら口ばしるので、ついつい、うかつに、井上君もつりこまれて、いつの頃からともなく、そんな気になってしまったというのが筋合いらしい」とは書いてある。ちなみに岩佐は大正末期に堀口に師事している。岩佐と井上の「初対面」は昭和初期であった。

このほか、詩碑の記事「〝町の詩人〟の還暦を祝い　感謝の〝碑〟建てる」（昭37・5・17、『京都新聞』）には、井上が「二十数年間堀口大学氏に師事」していると書かれてある。ここから推算するとだいたい昭和十年代のことになるが、長男の喜代司氏の話では結婚前には門弟になっていたらしい。また堀口大学からの年賀状は昭和六年以降に送られて来ていた。おそらく昭和五年ごろから、第一次の『月曜』を創刊した昭和七年頃――結婚前年の三十歳あたりまでには、堀口を師と意識するようになっていたかと推量される。

昭和八年に井上は、北園克衛が編集発行をした『MADAME BLANCHE《マダム　ブランシュ》』に参加した。なお北園はシュ

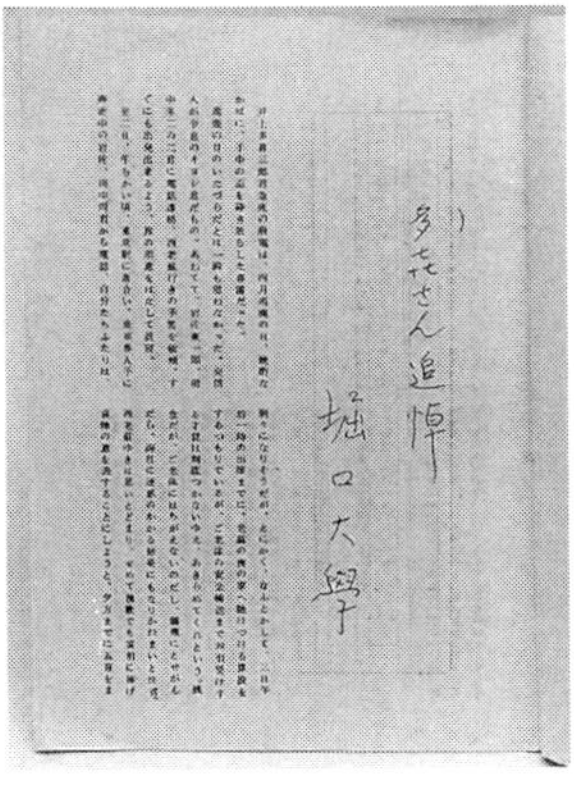

堀口大学「多喜さん追悼」

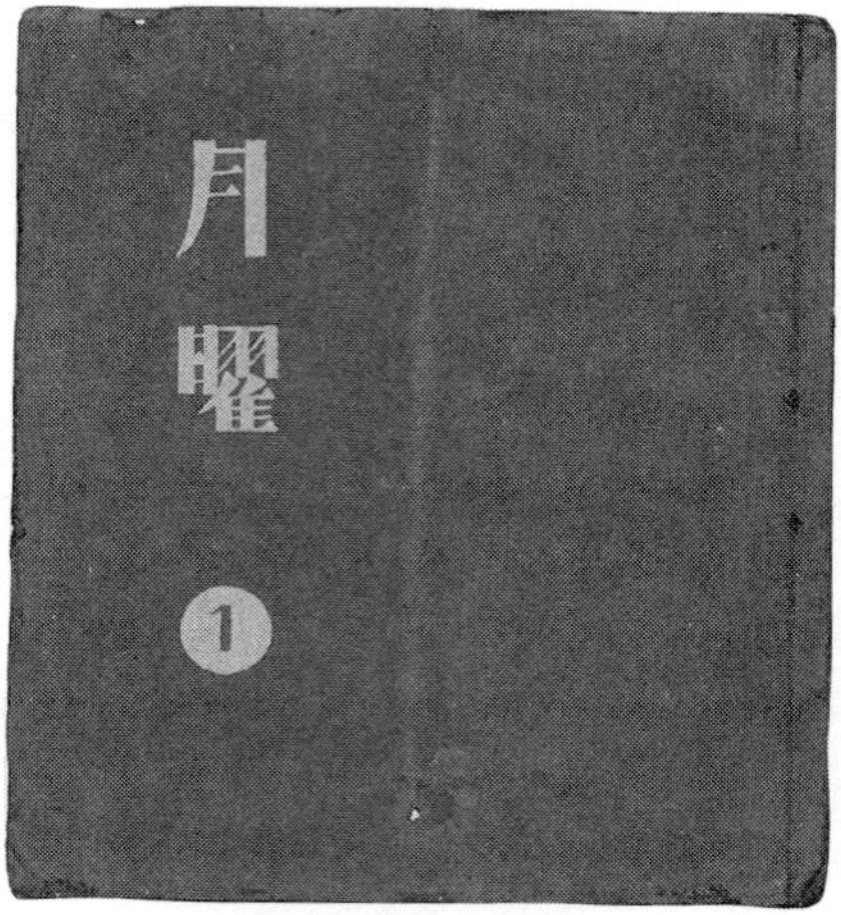

第一次『月曜』創刊号

ールレアリスムを自己の表現法とした詩人であり、もっとも純粋なモダニズム詩人といわれる。また翌年百田宗治編集の第三次『椎の木』に、その衛星誌といえる乾直恵《いぬいなおえ》・高祖保《こうそたもつ》編集の月刊『苑』にも昭和十年から同人参加して、各誌にモダニズム調の詩を発表している。

そうして、ほぼこれらの活動と平行して、井上は高踏的な詩誌『月曜』を個人で編集発行し始める。創刊号は昭和七年六月、老蘇村西老蘇の「月曜」発行所から発行された。約二十センチ四方の黒い紙表紙で、頁《ページ》はわずか十二だが、そこには貝殻のような手触りの、白いアート・ペーパーが用いられている。装幀は井上、扉絵が天野隆一、カットは六条篤《あつし》であった。頒価《はんか》は二十銭。目次を以下に転記しておこう。

ペン皿

春の型態学・八篇　井上多喜三郎
月曜　六条篤
日は過ぐる　浅田惣治
石寺村にて外二篇　井上多喜三郎
儀礼・記憶　安西冬衛
・歌
花のにをひを少し　井上多喜三郎
後記

右のうち、「ペン皿」は短章を三段組にしたもので、署名は「T」。それから詩（三〜八頁）が二段組と上段にカット付きの一段組で印刷されている。短歌（九〜十頁）は口語自由律で二段組。刊行の辞にあたる後記には、「僕は溌溂《はつらつ》と『月曜』の窓を明ける。僕は純粋芸術の旗を打振つて、エッセイと詩の賓客《ひんきゃく》を歓迎する。」とある。

『月曜』は以下、第四号まで毎月発行され、第五、六号は十一、十二月に発行。第七号は八年六月、さらに遅刊して十一月に第八号、九年二月に第九号が出されたところまで確認した。第二号からは総アート紙、発行日も月曜となる。目次は第三号からなくなって、第七号から約十七×十二センチの大きさになった。頁数は十前後ながら第四、五号は六頁のみ、第九号は通常の倍の二十四頁あった。全体に清潔かつ〝瀟洒《しょうしゃ》〟という言葉のよく似合う冊子である。

おもな寄稿者には、ほぼ毎号に詩とカットを載せた六条篤、俳句のほかカット木版と装幀も担当した小林朝治がいる。小林の俳句は「朝寒や蜻蛉《とんぼ》障子にあるけはひ」（6号）のような観照的な作だが、六条は「朝・ボクハ天使タチニ餌ヲ与ヘル／うんこヲスル天使タチ」で始まる「朝」（3号）など、軽妙な詩句から井上との共通点が見出せる。

この他、北園克衛が詩（2、6号）、随筆（9号）を書いている。第五号には田中冬二からの私信「貴方の短かい詩は何かしら魅力をもつてゐます。」も載り、この頃から井上は田中と文通を始めたかと推測させる。年少の詩友であった高祖保の格調高い詩、「Eschatologyの一部」「湖のCahierから一章」も第九号にみられた。

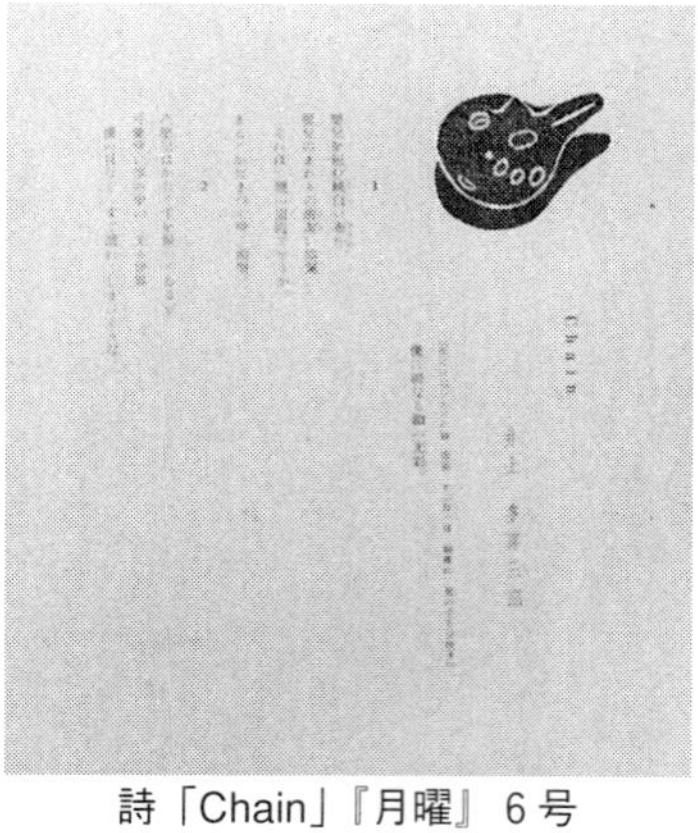

詩「Chain」『月曜』6号

もちろん井上も毎号、機智と諧謔《かいぎゃく》の効いた「知的遊戯」的な詩文を載せている。たとえば第三号では、「光るポエジイ　パラダイス。」で開始され「行け　行け　ビワコへ。」で終る「ビワコマーチ」を、五十章作った中から九番までを抄出させたり、「詩人は製氷会社である」（「ポエジイ雑考」）等と揚言《ようげん》もしている。しかし『月曜』への詩壇からの反応はほとんどなかったようで、同誌は多くの地方詩誌と同じく、寄稿者など一部の詩人にその存在を認められるに止まっていたとみられる。

昭和八年、三十歳になった井上は現・愛知川町出身の桂巻《かつらまき》ちかと見合結婚をした。ちかは井上の妹・寿満《すま》と同年月日の生まれで八歳年下であった。以後、常にちかを〝お千代〟という名で呼び、三十年以上連れ添うことになる。なお、戦前の老多呉服店は小売りの他に卸《おろし》売りもかねており、世界恐慌のあった昭和初期でも番頭が二、三人はいた。これらは父の九蔵が忍耐強く働き、商売を先代よりさらに軌道に乗せたためで、同店は、湖東地域はむろん県下でも有数の呉服店であった。長男（喜代司）も昭和十二年七月に生まれ、井上は妻から「おとうちゃん」と呼ばれるようになる。家庭では気性が激しく〝ワンマン〟であった井上に、妻は不慣れな家業ともども苦労させられたようだが、持ち前の明るい気性で耐えきって、家族に尽くした。

余談になるが、井上の恋愛を物語る資料はほとんど残っていない。しかし彼の死後に遺されたひとつの林檎箱には、箱を半分くらい埋めるほどの、五指に余る女性からの書簡が入っていたとのことである。青年時代の恋愛歴もさぞやと推量されるが、とくに結婚前には現在の五個荘町に在住していた某女性との、大恋愛があったという。某女性は穏やかな人柄で、才媛だったといい、その手紙は大変達筆で、大人の雰囲気をもったしとやかな文面であったらしい。

某女性は滋賀県女子師範学校を卒業して教職にあった。長い交際であったそうだが、父の九蔵が商家の嫁には向かないと結婚を反対したため別れたという。女性は傷心のまま自ら去って大陸に渡り、旧朝鮮か満洲の日本人学校の教諭をしていたそうである。その後のことは分かっていない

結婚式（左から母・寿が、父・九蔵、ちか、義弟・高谷健、多喜三郎、祖母・いく、妹・寿満）

い。

このほか、天野隆一の詩「二人の詩人」（昭59・8、『RAVINE』）からは、若き井上の恋愛の一端に触れることができる。以下にそこを紹介しておく。

昭和はじめの一時期のことであろう、「S君」（京都の俵青茅《せいじ》と思われる）という詩人が「当時のカフェーの女給」で「比較的清純な風姿でほっそりとしていた」女性を「囲ってい」た。しかしSによると、「近江から温和《おとな》しそうな青年」が「よくカフェーに現れ」るのだという。この青年は「T」とあるが、井上を指すのが解るような記述になっている。

しかるに「田舎で独りマシュマロの様なモダーンな詩を作っていた」Tは、「彼女を名ざしで」やって来ては、「その都度きれいなカトレアなどの花々を持参」したのであるらしい。

天野は「Tはその女給が　Sの女である事など／全然気づかない素朴な人柄だ」としながら、Sがその後Tと会うことがあっても、「その話しには決してふれなかったようだ」と書いている。

井上には情熱をこめた恋愛詩などはみあたらないが、この一挿話からは、田舎の青年詩人の純情な「モダンボーイ」ぶりも伝わってくる。

第五詩集にあたる『井上多喜三郎詩抄』（私家版）は昭和九年十一月に刊行された。「朝」「葡《ぶ》萄《ど》酒」「駿馬《しゅんめ》」「明月」「少年」「葡萄酒」「理髪店」と、短詩七篇の袖珍《しゅうちん》本詩集であった。初出誌は第一次『月曜』、『MADAME BLANCHE』。以下に「理髪店」を引く。

朝日がながれこんでゐるトコヤは　コップのやうに清潔でした。

菊の香が滲《にじ》んで白いタオルの雲に　かるく目をつむる僕でした。

余白を効果的に活かし、「コップ」「タオル」の比喩が落ち付いた清涼感をあたえる詩だ。ところでこの「理髪店」は、田中冬二「七月の山のゆふぐれの感覚」（前掲『青い夜道』）とのイメージの通底がうかがわれる。

まだ水のきれない洗ひたてのコップを
いくつも銀の盆にのせて
白いボーイが歩いてきます
爽かな飲料のにほひがします

七月の山のゆふぐれです

田中の詩は、モダンでありつつ抒情性にも秀でている。井上の場合はより印象詩的で、その分やや奥行きが足りないようでもある。とはいえここにみられる清潔な感覚あるいは手触りは、二人のあい似た嗜好《しこう》や、資質の微妙な異なりを表わしているように思われる。

第4章

昭和十年代—第二次『月曜』—

第6詩集『若い雲』掲載の肖像

井上多喜三郎は、大正末期から詩人として活動を始めたが、詩壇ではまだ無名の存在であった。たとえば、渋谷栄一『詩壇人国記』（昭8・1、交蘭社）をみても、滋賀県の詩人に井上の名は挙がっていない。しかし昭和十年代に自力で出版を続けた雑誌『春聯《しゅんれん》』、また第二次『月曜』によって、多くの中央詩壇の詩人たちからの寄稿も得て、次第にその名を知られるようになってゆく。

まず昭和十一年五月に、詩と俳句の雑誌『春聯』が「月曜」発行所から発刊された。同誌は六号まで続いた（平均約十六頁）。創刊号の「後記」には「『月曜』が日曜ばかりなので、連繋に『春聯』をだすことにしました」とある。また「十五、六年中絶の俳句を作りだし」たと述べ、詩作について「七色の夢を産むすばらしい詩を書きたいと力んでいます」、「頭が軽くこころが明るくなるやつを」とも書いていた。

創刊号には井上や田中冬二、六条篤らの俳句が掲載され、俳句特集号の観がある。井上の句は季語や定型にこだわらない、若々しい感覚のものであった。他に、太宰治「斜陽」のモデルとなった太田静子も「日記」を寄稿している。太田は井上の妻と同じ現・愛知川町出身で、妻が太田を「しーちゃん」と呼ぶような

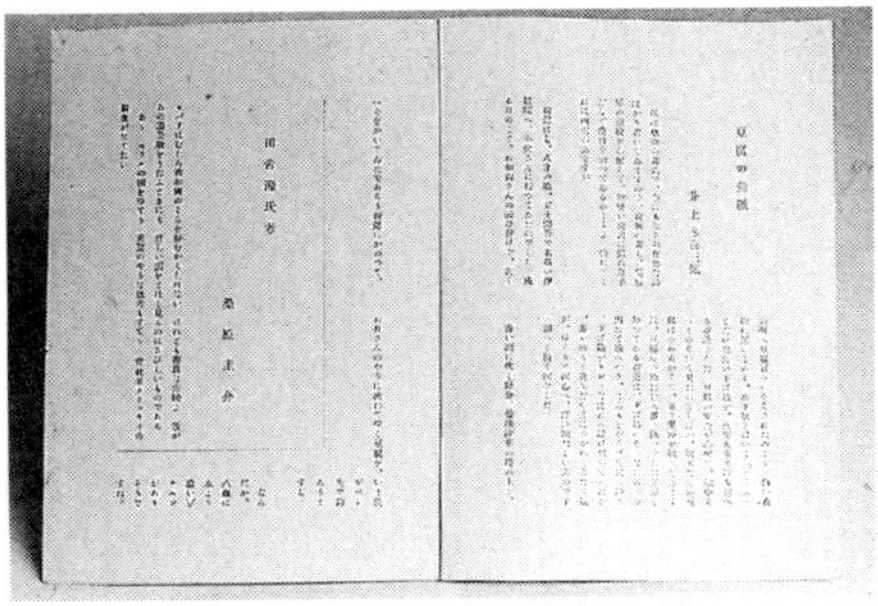

「豆腐の動脈」『春聯』２号

仲であったという。

総アート紙になった、八月発行の第二号には、六条、高祖保の詩、乾直恵の俳句などの他、井上が随筆「豆腐の動脈」や連作句「ビワコホテル」を載せている。「ビワコホテル」は日野草城が昭和九年四月に『俳句研究』に発表した「ミヤコ・ホテル」連作を意識したものであろう。しかし新婚初夜のことを叙した日野に比べ、井上のは趣が異なる。待ち合わせた「ひと」と「宿浴衣」姿になったり「野径《みち》」を散策したりする五句と、月夜でボーイの給仕による「洋皿」料理を観察する八句に分れている。

第二号の「後記」では、「花火の揚《あが》る町」でビールを飲んだ「帰途、月のエクボにつまづいて、地球の裏側へおつこちてしまつたりする」等と、稲垣足穂ばりの短文も書いている。

十一月発行の第三号には井上、六条、小林朝治の俳句、井上、六条、高祖の詩、岩佐東一郎も回答したアンケート「秋風に就いて」等があり、彦根在住の詩人・小林英俊《えいしゅん》の随筆も載っていた。

次号以降も井上、六条や高祖の詩・俳句が発表されて

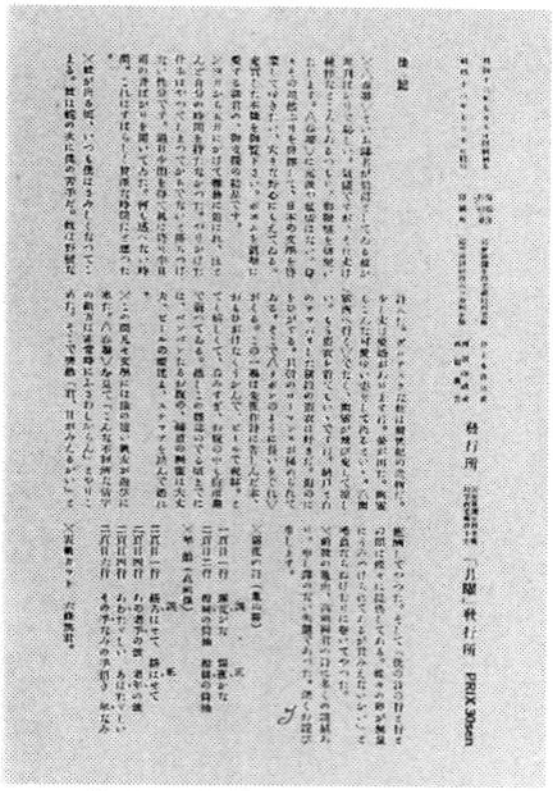

「後記」『春聯』5号

いる。以下、目につくところでは第四号（昭12・3）のアンケート回答者に百田宗治、第五号（昭12・7）には岩本修蔵の評論と高篤三《こうとくぞう》や吉川則比古《のりひこ》の俳句、第六号（昭12・11）のアンケートに安住あつし（敦）、佐藤惣之助の名がみられるところであろうか。

続いて第二次『月曜』が昭和十二年から刊行される。

この第二次『月曜』も、第一次『月曜』『春聯』同様、乳白色のアート紙を用いた瀟洒な装幀で、余裕のある活字組みによる高踏的な詩と俳句の文芸誌であった。当時のレスプリ・ヌーボーの機運に呼応した詩人たちのアンソロジー的性格を持ち、錚々《そうそう》たる詩人、俳人の名前が散見される。井上はこうした人々から寄稿を仰ぎ、葉書（井上多喜三郎通信）でアンケート回答を求めていた。

編集兼発行者は、滋賀県蒲生郡老蘇村西老蘇、井上多喜三郎。発行所は「月曜」発行所であった。全号のカットは六条篤。頒価は、第二号まで三十銭、第三号から五十銭。目次・頁数はなく、本文の活字ポイントは12、アンケートが8ポ。判型は菊判変型（約21～22×15～17センチ）。

第一号は昭和十二年十一月に発行されている。内容は以下の通りであった。

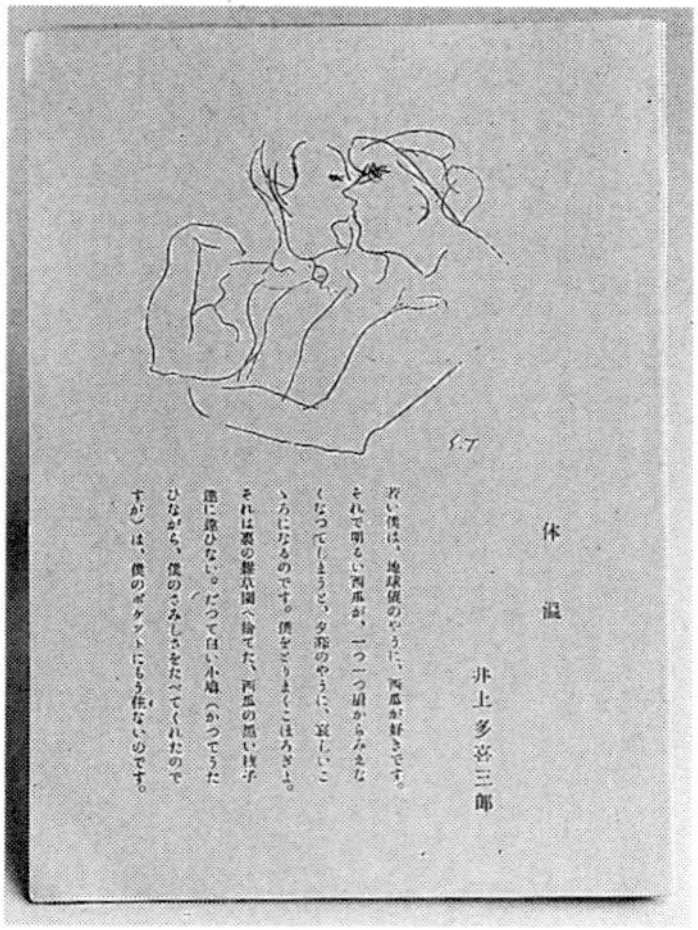

「体温」

井上多喜三郎「体温」（一頁）散文詩
北園克衛「蛍色の思考」（二〜三頁）随想
安住あつし「夏相聞」（四頁）俳句5
八十島稔「曝《ばく》書」（五頁）俳句5
太田静子・江間章子・葉山耕三郎・青山霞村・小林朝治・井上多喜三郎「涼風綺譚」（六〜七頁）アンケート
川田総七「小さい花」（八〜九頁）詩
高祖保「偃鼠《えんそ》記」（十〜十一頁）詩
井上多喜三郎「縁日」（十二〜十三頁）俳句9
無署名「後記」（十四頁。なお頁数は活字の組まれた頁から数えた）

その後、第二次『月曜』は約二年半にわたって間欠的に十冊が発行された。第二号は昭和十二年十二月発行、全二十六頁。第三号は昭和十三年四月発行、全三十九頁。第四号は同年六月発行、全三十一頁。第五号は同年十月発行、全五十四頁。第六号は、昭和十四年二月発行、全三十六頁。

第七号は同年六月発行、全三十一頁。第八号は同年七月発行、全二十二頁。第九号は同年十二月発行、全三十五頁。第十号は昭和十五年七月発行、全三十五頁。月曜日発行は七冊であった。

昭和十三年『文芸汎論』四月号の「月曜3　随筆特輯版」広告頁には、誌名と共に「日本文学のオアシス」「貝殻のやうに清潔な詩と俳句の雑誌」との宣伝句がある。そうして宣伝文には「アートペーパの〈月曜〉は美はしいエスプリの結晶です。作品はすべて諸家の御厚意に依つたものです。それ故に清新と溌溂としてゐます。詩が亡びるなどと云ふひとは〈月曜〉を知らないひとです。」とあった。

終刊号になった第十号の細目は以下のようになる。

多喜三郎　無題（一頁）春祭の写真の解説
田中冬二「柏原」（二頁）詩
春山行夫「Note-book」（三〜八頁）随想
坂本越郎「あけがた」「梅雨」（九〜十頁）詩
高祖保「茅蜩《ひぐらし》　堀口大学先生に」（十一〜十四頁）散文詩

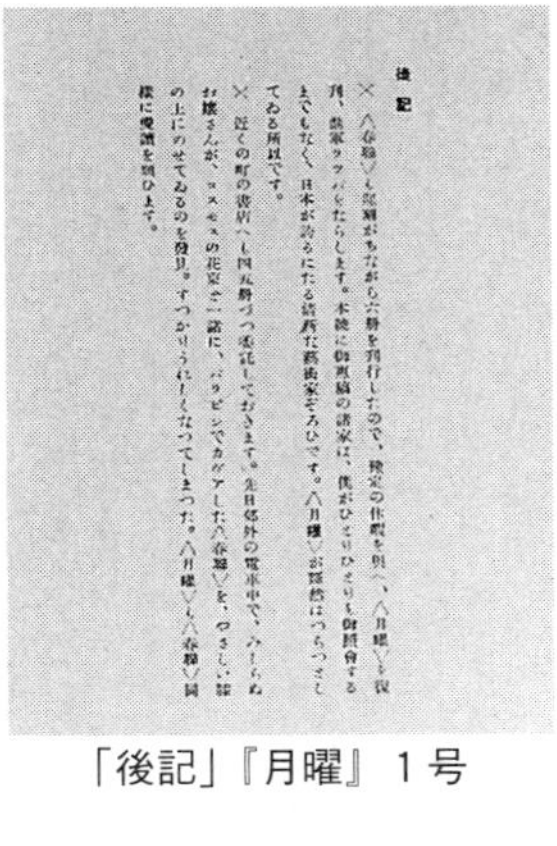

「後記」『月曜』１号

安住敦「落花」（十五〜十六頁上段）俳句14
岩本修蔵「平原日記抄」（十五〜二十頁下段）随想
那須辰造「蛍」（十七頁上段）俳句5
高篤三「八せん」（十八頁上段）俳句5
六条篤「山霧」（十九〜二十頁上段）俳句10
朝倉南海男《なみお》「築地明石町」（二十頁上段）俳句2
安藤一郎「雪解」（二十一〜二十二頁）詩
六条篤「昏《く》れのこる湖」（二十三〜二十四頁）詩
川口敏男「孕《はらみ》」（二十五〜二十六頁）詩
直子「故小林袈裟治《けさじ》略歴」（二十七〜二十八頁）年譜
小林直子「帰り来ぬ人」（二十九〜三十頁）追悼文
平塚運一「版画の朝治君」（三十〜三十一頁）追悼文
村本艸々《そうそう》「小林君のことども」（三十一〜三十二頁　追悼文
井上多喜三郎「潔《いさぎよ》い花粉」「揺籃《ようらん》の歌」（三十三〜三十四頁上段）詩
桑原圭介「今田久詩集『喜劇役者』に就いて　文学の晴天」（三十三〜三十四頁下段）書評

T「後記」（三十五頁）

第二次『月曜』の執筆者は、アンケート回答者、翻訳された海外詩人も含めると百三人であった。このうち主要な人物を掲載号とあわせて五十音順に列挙すると、以下のようになる。

朝倉南海男（2～10号）、安住あつし（1～7、9、10号）、安藤一郎（5、6、8、10号）、乾直恵（2、4、7号）、岩佐東一郎（2～7、9号）、岩本修蔵（2～4、6～10号）、江間章子（1～5、7、9号）、太田静子（1～3、5号）、岡崎清一郎（4～6、9号）、梶浦正之（5～8号）、川口敏男（2、3、6、8、10号）、菊岡久利（3、4、6、7号）、菊島常二（4、9号）、北園克衛（1、4号）、木俣修（5号）、桑原圭介（2、7、8、10号）、高祖保（1～7、9、10号）、高篤三（2～6、9、10号）、小林朝治（1～7号）、小林英俊（6号）、小林善雄（2、3、5号）、近藤東（5号）、坂本越郎（10号）、佐藤惣之助（4、6号）、サトウ ハチロー（2号）、佐藤義美（2号）、城左門（4号）、瀧口修造（4号）、瀧口武士（4、6号）、武田豊（6、8号）、竹中郁（7号）、立原道造（5号）、田中冬二（2、4、6～10号）、津軽照子（3～6号）、月原橙一郎（2、7号）、角田竹夫（2、5～7号）、徳川夢声（7号）、十和田操（5、7号）、長田恒雄（3、5号）、中村千尾《ちお》（2、3、5、9号）、野口謙蔵（5号）、野田宇太郎

（7、8号）、春山行夫（10号）、古谷綱武（7号）、堀口大学（3、5、6、9号）、正岡容《いるる》（3～6号）、正富汪洋《おうよう》（2、3号）、丸山豊（5～8号）、宮柊二（5、6号）、村野四郎（7号）、八十島稔《やそじま》（1～7、9号）、山中散生《ちるう》（4号）、吉川則比古《のりひこ》（2、7号）、六条篤（1～10号）。

井上の交友の広さ、また同誌の読者範囲の一端を伝える、多彩な顔ぶれである。なお、井上が送っていた『月曜』を、当時眼疾の北原白秋が「天眼鏡をかざして頁を繰つて」いた（宮柊二「月曜4の感想」昭13・10）との記述もある。香気のある洒脱《しゃだつ》な誌面の雰囲気や個々の作品を、紙幅の都合でここに紹介できないのは惜しまれる。

ちなみに高祖保は、『文芸汎論』昭和十四年二月号のアンケート欄「各人各説」の「昭和十三年度優秀詩集」に次のような回答を寄せていた。

いくたの個人詩集やアンソロジイのなかにあつて、井上多喜氏が刊行した「月曜」の幾冊かは、清麗高雅、めぐしき存在であつたと称するに憚《はばか》らない。敢《あえ》て詩集に伍して、まことに傑《すぐ》れた詩集であつたといふことが出来る。

高祖もいうように、『月曜』は編集者井上の力量を雄弁に物語るアンソロジー詩集といいうる。

ほかにも、天野隆一に次のような評価がある。

現在〈月曜〉を出して見ても、地方出版の詩誌の十指に入る事は疑はない。ただ多喜さんの単独の発行であり、グループによるものでなかつただけに、一つの詩運動としての迫力を欠いていたのをおしい気がする。（前掲「優しい詩鬼」）

何百冊と発行された「地方出版の詩誌」のなかで「十指に入る」と評価を与えられるところなど、『月曜』の面目躍如というべきか。しかしやはり井上の個人発行誌であったゆえに、定期刊行の維持や発行部数の制限など困難な問題も多く「一つの詩運動」として時代のうねりをみせるには、熱量不足であったといえるだろう。

なお、「月曜」発行所は、高篤三『寒紅』（昭15・8）、六条篤『淡水魚』（昭15・8）、岩佐東一郎『青春地図』（昭15・9頃）、安住敦『木馬集』（昭16・5）、高祖保『禽《とり》のゐる五分間写生』（昭16・7）といった、A６判変型の袖珍本を刊行している。五十から百部の限定本（14～20頁）で、とくに同誌で活躍していた友人達のために私費で作成したものであった。

さて第六詩集『若い雲』は、昭和十五年七月に月曜発行所から刊行された。序詩と詩七篇の小詩集で、初出は『春聯』、第二次『月曜』。「春のコース」「テイタイム」「日課」「魚のやうな天使」「夕暮の感情」「秋の歌」「若い雲」を収める。

日課

笛の孔《あな》には
七羽の小禽《ことり》が住んでゐる

その小さな窓を
昧爽《よあけ》の月が訪れる

少年は羽搏《はばた》く夢を数へる

夕暮の感情

机の上に肘《ひじ》を預け
なぜか　慍《おこ》りつぽい僕でした
厨《くりや》で下女が　お皿をとり落す
〈お母さん　それは僕の罪ですよ〉

右の詩は、ナイーヴな若々しさと、シュールな感覚の機智に秀でている。行の余白に空想の飛躍をうかがわせるところも興味深い。しかし数年前に刊行された北園克衛の詩集『夏の手紙』（昭12・9、アオイ書房）をみても、こうしたリリカルな傾向は顕著であった。例として「郵便屋」を引こう。

午前十時きつかりになる
郵便屋が桑畑の道を歌つて来る
自転車のベルに合せて
するとキリギリスがあわててドアを開ける

このように、戦前期の井上の詩作には先行作の影が潜み、井上独自の方法が際立つという事があまりみられない。やはり井上詩の個性的展開と成熟は、戦後から晩年の時期まで待たねばならないように思われる。

井上は『若い雲』と同時に句集『花のTORSO』（昭15・7、月曜発行所）も刊行した。同書は全十句の自選句集で、前掲した「ビワコホテル」からも一句のみが選ばれているほどの抄録ぶりである。内容は、「桐の花」二句（昭14・7、『月曜』）、「麦笛」二句（昭13・6、13・10、『月曜』）、「昧爽記」二句（昭13・10、『月曜』）「サーカス」三句（昭12・11、『月曜』、昭11・11、『春聯』）、「ビワコホテル」一句（昭11・8、『春聯』）。ここから代表句を挙げると、

桐の花明治の匂ひする少女

ということになろうか。この句は井上がよく短冊《たんざく》に揮毫《きごう》したもので、詩「首夏少女図」（昭25・6、『コルボウ』）にも引用してある。「明治の匂ひする少女」とは、明治の気配がほのめきたつ少女のことであり、「桐の花」の紫の映える美しさも「匂ひ」には含意される。この少女から

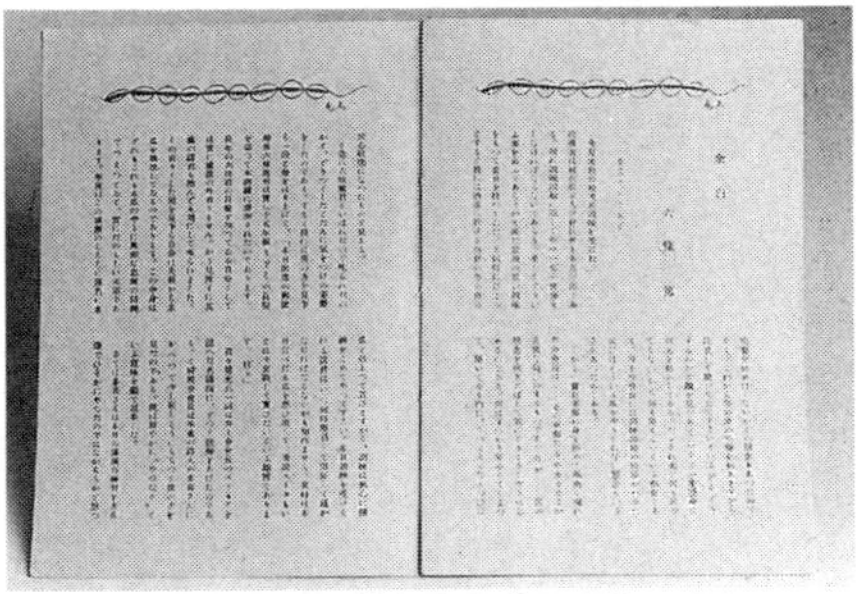

六条の随筆「余白」『月曜』9号
（井上をユーモラスに描く）

六条　篤
（昭和6年頃）

「匂」ってくる魅力を「明治の匂ひ」と「桐の花」にたとえているのだろうが、明治に少年時代をおくった作者の回想がこめられているとみれば、桐の花の咲く頃になると懐かしく明治の昔好きだった少女の愛らしさを思い出す、という解釈もできる。

ここで、『月曜』発行時代の井上と関わりの深かった人々に触れておきたい。

六条篤（一九〇七〜四四）は洋画家、歌人であった。奈良県多武峯《とうのみね》で郵便局長を勤めてもいた。独立美術協会に属し、前衛的なモダニズム絵画を発表していた。井上が画家を目指していた頃からの知り合いのようで、井上が短歌を作り始めたのも、六条との交友が一因とみられる。六条は『月曜』のカットや表紙絵の多くを担当し、軽妙な俳句や詩も発表しており、井上に次ぐ同誌の顔でもあった。内臓疾患で昭和十九年十二月二十五日に死去したが、その死を井上が知ったのは戦後であった。

小林朝治
（『月曜』10号より）

小林朝治（本名・袈裟治《けさじ》。一八九八～一九三九）は、長野県須坂に生まれ、眼科医をしながら版画家として活動した。純朴な人柄で、多趣味であり、郷土玩具にも造詣が深かった。井上とは、コマ絵を載せていた『秀才文壇』時代からの旧知であった。井上の郷土玩具の蒐集も、彼の影響によるところが大きいであろう。小林は『東邦詩人』創刊時から装幀を担当し、『月曜』にもカット絵や俳句を発表していた。渓谷へ橋から身を投げたといわれる突然の死（昭14・8・5）に、井上は『月曜』第十号を小林の追悼号とした。

高祖保（一九一〇～四五）は、早熟で古典に深く通じ、知的に洗練された硬質の抒情詩を書いた詩人である。岡山県牛窓町に生まれ、大正八年から母の郷里である彦根に転居した。昭和四年から個人誌『門』を発行し、同年井上と詩友となる。翌年東京に移り住んだが、親しく文通を続け、『月曜』等にすぐれた詩を書き送った。

井上は特別この年少の友の才能と人を愛した。『椎の木』『苑』に井上が詩を書いたのも、両誌の編集に携わっていた高祖の推輓《すいばん》があったためと推測される。高祖は堀口、岩佐、田中などの詩

高祖　保
（『青芝』追悼号より）

人とも友誼《ゆうぎ》をもち、俳人で戦後『青芝』を主宰する八幡城太郎を井上に紹介もした。詩集『信濃游草』（昭17・9）は井上のために彼が一冊だけ作ったもので『青芝』の高祖追悼号（昭29・11）に掲載されている。

高祖は「青い花を翳《かざ》す……」（昭8・9、『椎の木』）のなかで井上の詩歴の古さに言及しながらも、その「奇怪な不老的若さ」に注目し「氏のパッシヨンは、いつの時代に於てもヤンガー・ゼネレーシヨンの第一線にまではしつてゐる」「湖のほとりの寒村に、かかる不老的詩人の精進をみることは有難い哉《かな》」との賛辞も送っていた。

井上も「『雪』の詩人」（昭17・9、『文芸汎論』）で、高祖の詩の特徴を「古典的な手法で、静謐《せいひつ》と典雅なる三昧《さんまい》境をつくり、散文的な手法で、ウイットを挿入して、清新なる香気を咲せて」いるところに見出し、その技量と風格を高く評価していた。

百三十七通あった高祖の井上宛の手紙を通して読むと、発行ごとの『月曜』誌への賛嘆、遅刊する同誌への期待の言葉が多い。また様々な詩歌集・画集、農産物、郷土玩具類を井上が東京の高祖宛てに頻繁に送っていたことも知られる。たとえば、高祖から井上への昭和十三年十一月四日の手紙には左記のような礼状代わりの詩が書かれていた。

松茸

松茸の篭《かご》ゆこぼれし山の土　保

ゆふぐれでした
しぐれがちの雨がそぼつゆふぐれでありました。
うす暗い厨《くりや》の戸をかたりと開けて
──高祖さん、小荷物です」
厨の板敷のうへに　秋の匂ひのたかい、一個の篭が届いたのです。
──あら、松茸よ。井上さんからよ」

さういふ　妻のこゑがして、たかだかと篭をさしだしました
忽《たちま》ち、厨が　この篭から流れてこぼれる秋の匂ひで染まりました。
今年は　松茸が不作です
今年になつて　百貨店の一隅から　妻の父が
初ものといふ松茸をほんのすこし齎《もたら》しました。
それからの　私たちは　松茸をあくがれながら
その匂ひにすら　つひぞありつかなかつたのでした。

この篭は　湖国の秋の匂ひでいつぱいです
湖ちかい山のなぞへの匂ひでいつぱいです（後略）

井上の「天童訣別記」（昭23・4、『風船』）には、召集を受けた高祖少尉を、昭和十九年七月に京都伏見の旅館まで訪ねていったが、「不幸にも面会はできなかつた」ことが書かれてある。引用されている高祖の手紙によると、井上は「御酒、白米のむすび、煙草、玉子焼、山のやうに見ごとなトマト」を持参したという。高祖はそのまま井上と会うことなく戦地へ向かい、再び帰

還することはなかった。昭和二十年一月八日にビルマ（現・ミャンマー）で戦病死したためである。

昭和十年代は、日本が国を挙げて無謀な戦争を拡大していった暗い時代でもあった。その頃井上は『月曜』を編集発行するいっぽう『文芸汎論』や、岩佐東一郎ほかの詩人たちによる俳句誌『風流陣』にも詩、俳句、随想類を載せていた。ちなみに井上は第二次『月曜』九号の「別離」三句以降、俳句を発表しなくなっている。

ところで天野隆一は、「多喜さんの詩は、戦前はハイカラである。モダンではない」（前掲「優しい詩鬼」）と評している。「ハイカラ」という言葉は、戦前の井上詩の雰囲気を多分に象徴化した言葉になっている。井上は都会をほとんど描かなかった。メカニックな近代文明を彷彿《ほうふつ》とさせる詩もない。「モダン」というには井上の詩は牧歌的にすぎるが、「ハイカラ」の称号には、田園モダニズム詩人らしい妙味がある。

それにしても、超現実的な観点で対象を把捉し、新感覚による明るいヴィジョンを開いた別世界を、読み手に垣間見せようとする井上の姿勢は、出発期から基本的に変質していない。技法的に進展はしても、大正十四年ごろの旗印である「印象詩派」はそのまま昭和十年代の詩作の姿勢であった。

第5章

抑留体験の前後

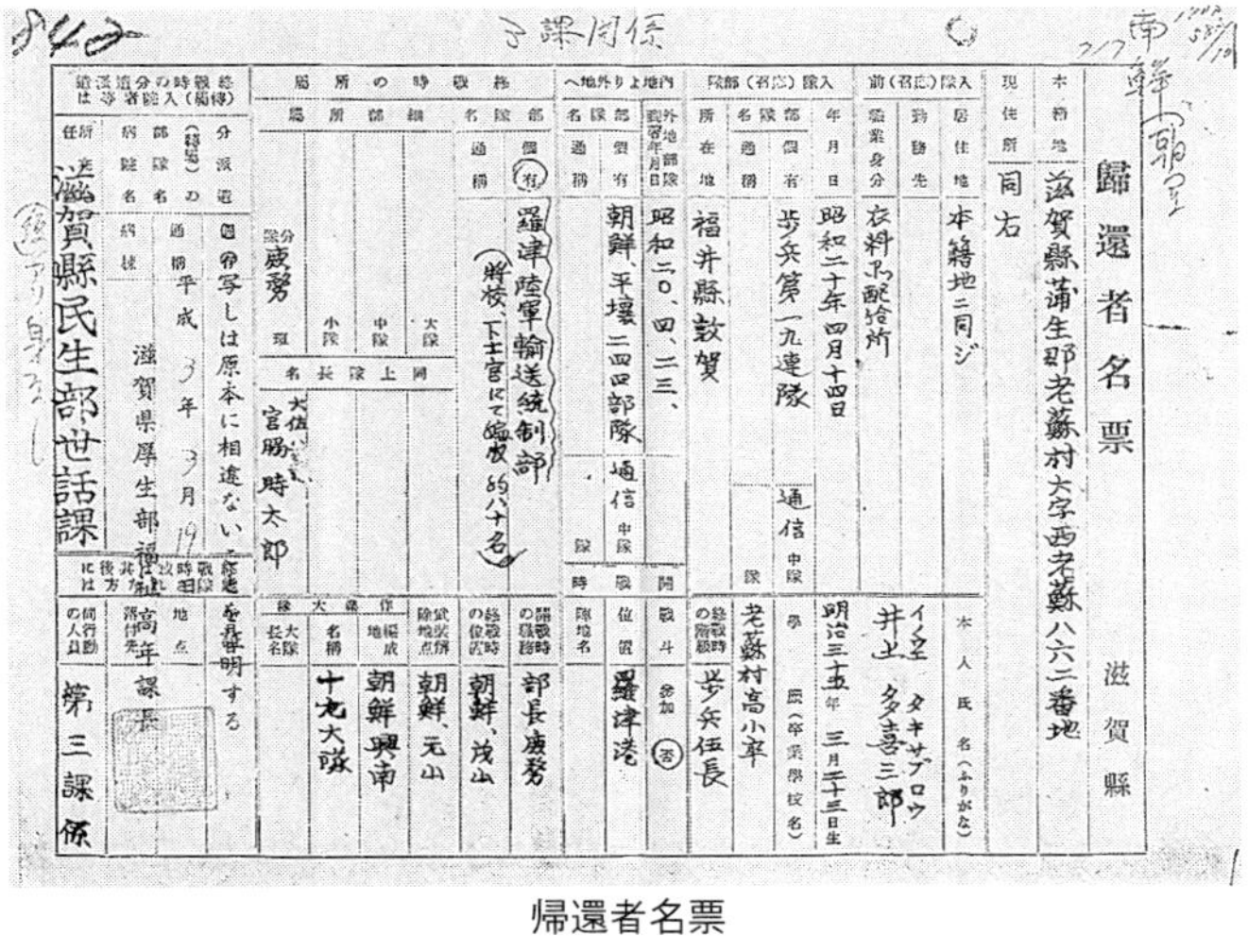

歸還者名票　滋賀縣

本籍地　滋賀縣蒲生郡老蘇村大字西老蘇八六二番地

現住所　同右

入隊(応召)前　居住地　本籍地ニ同ジ　職業身分　衣料品配給所

本人氏名(ふりがな)　イノウエタキサブロウ　井上多喜三郎　明治三十五年三月二十三日生

学歴(卒業学校名)　老蘇村高小卒

入隊(応召)部隊　年月日　昭和二十年四月十四日　歩兵第一九連隊　通信中隊　所在地　福井縣敦賀

内地より外地へ　昭和二〇、四、二三、　朝鮮、平壌二四四部隊　通信中隊

終戦の時の所属　羅津陸軍輸送統制部(将校、下士官にて編成的八十名)

滋賀縣民生部世話課

第三課係

帰還者名票

第七詩集となった『花粉』は、昭和十六年十一月に刊行された。青園荘私家版のＢ４判変型、二重函《はこ》、三十部限定（七冊目から異装幀）の豪華本であった。「造本覚え書」（青園荘）に続いて、「春」「春の種子」「径」「タバコ」「花粉」「夕暮の感情」「日曜」「言葉」「公園」「室内」「ひややつこ」「時間」「散歩」「手紙」「駅」の十五篇を収め、「造本後記」（青園荘主人）が付されている。

初出誌は第二次『月曜』、『春聯』のほか『文芸汎論』『苑』『MADAME BLANCHE』。それぞれ初出の改稿が甚だしいものが目立つ。「夕暮の感情」は『若い雲』の再録作で、「ひややつこ」も詩人協会編『一九三一年詩集』（昭６・４、アトリヱ社）に収められており、この二作には自信があったのかもしれない。総じて、戦前の詩業の決算的意味合いをもつ完成度を示している。

春の種子

田舎の家の天井には
可愛ゆい名札の
種子たちが吊るしてあつた

口笛をふくと
ぶらんこのやうにゆれる

花粉

僕の癖のままに
歪《ゆが》んでゐる自転車でした

くるつた僕の自転車に
平気で乗るひとよ
鶏や犢《こうし》が遊んでゐる
狭い村道を
走りながら
カネエシヨンのやうに手をあげるひとよ

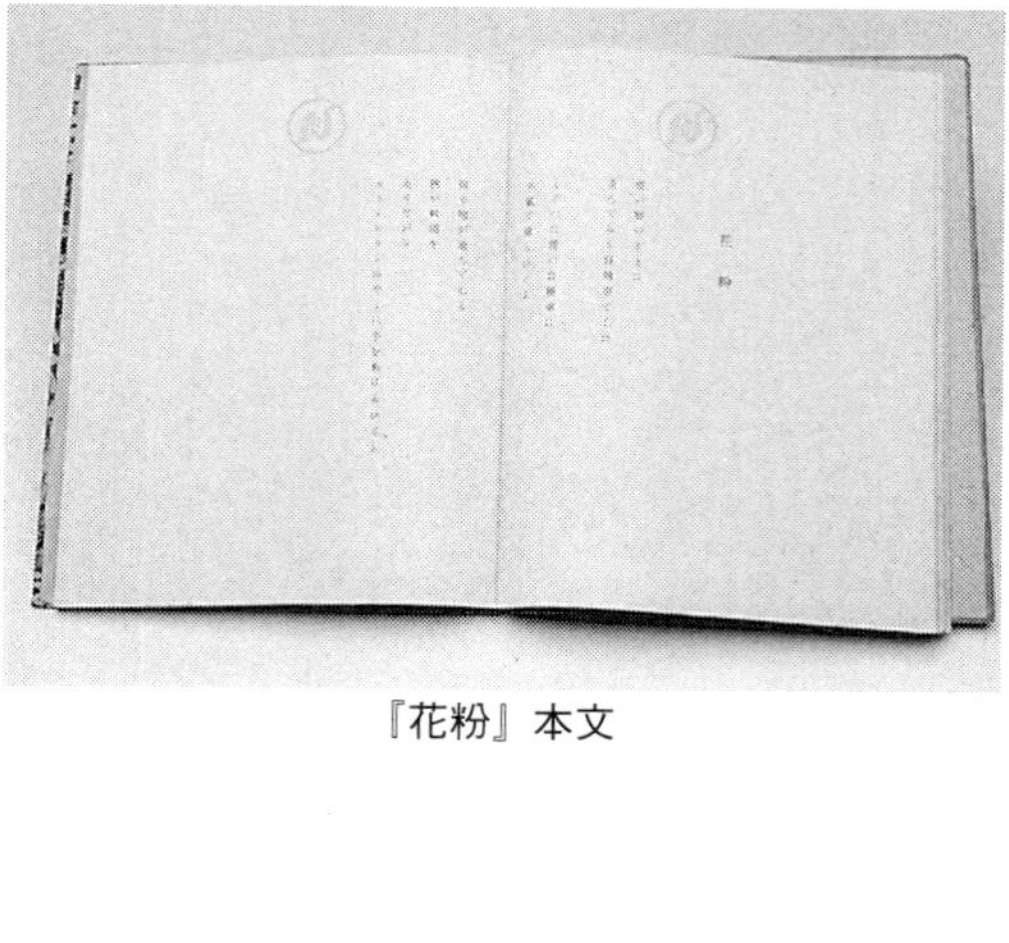

『花粉』本文

ひややつこ

谿水《けいすい》で沐浴《もくよく》をしてゐた豆腐です

豆腐は中までしろい
豆腐は四角ですが
こゝろに骨を持ちません

生薑《しょうが》と醬油《しょうゆ》が
彼の人格を
僕の舌の上で賞《ほ》める

「春の種子」「花粉」のみずみずしい幸福感、「ひややつこ」のウィットの見事さは、現在でも新鮮な個性を感じさせる。「花粉」にはカーネーションの花言葉〝熱愛〟も含意されているであろう。若さの匂う花粉は、そもそもおしべにある。「僕」の自転車の「癖」を花粉の暗喩とみなすと、その「癖」にも平気で乗る「ひと」は、「僕」の愛情を受け入れ（受粉し）たとも解される。なお青年期に購入した荷物運搬用の自転車に、井上は生涯深い愛着を持っていた。詩の中の自転車と同じくハンドルは歪んでいた。

さて、大野新「井上多喜三郎論（Ⅰ）」（昭32・1、『詩人学校』）には、『若い雲』『花粉』の詩について「比喩の完成ということ」が、「これらの詩では目的のすべてであるようにも感じられる」と書かれている。続けて大野はこう論じた。

まことに巧緻《こうち》な比喩は、読者の幻想を遠くへ運び、或いは遠い連関を俄《にわ》かに手繰りよせる。（中略）その限り、決定づけられた印象を終着のものとして、作品は何時も終つている。読者は比喩によつて更新された現実を発見するが、まさに印象的な感受で終つてしまつて、内部をゆり動かすショツキングな内容とはなり得ない。

さらに大野はこの時代の井上詩について「洋菓子的な完成」との評語を与える。つづく「井上多喜三郎論（Ⅱ）」（昭32・2、『詩人学校』）でも、「戦前において、井上多喜三郎の貴族性が審美性と表裏密着していたという点は疑義《ぎぎ》はない」としていた。大野はここでの「貴族性」は「その時代をわたる逆説の刃」ではなく「味覚的な意味あい」というべきものであるとみて、「戦前の諸作品の特質として、感受性の優位という点をあげたい」とした。

大野のいう「巧緻な比喩」による「印象的な感受」が生み出す「更新された現実」の「洋菓子的」完成は、井上の審美的、貴族的なありようの限界をも指し示すであろう。ただしこうした井上の詩法は、意識的に、徹底して対象を「洋菓子的」に彫琢《ちょうたく》しようとした結果の産物であったと思われる。

たしかに「内部をゆり動かす」ような詩を井上は書いたとはいえない。しかし井上にとっての詩とは、現実の社会生活者としての自己を離れ、当時信じていた詩なるもののエスプリのなかに純粋に同化することであった。たとえば同年生まれの北園克衛などは、まわり道もありながら、詩的自我の純粋培養を生涯貫徹したのではなかったろうか。

たとえそれが「知的遊戯」的ではあったとしても、日常の人間臭い感情の領域をあえて封印し、詩的感受性による人工的・審美的な想世界の完成を求めた見識には、このころの彼の信ずる詩への清冽《せいれつ》な志が存していたと考えられる。

ところで、いわゆる太平洋（大東亜）戦争の時代には、詩壇に〝郷土詩〟運動が起こっていた。

西洋文学の摂取、都会情緒の偏重《へんちょう》を意識的に日本の文化や愛国精神の高揚の方向へと転換させようとしたもので、その一環に北園克衛の郷土詩の創作も位置付けられる。

北園は、「郷土詩の研究」特集を組んだ『文芸汎論』（昭18・7）に「郷土詩に就て」を寄稿し、「郷土詩は決して郷愁の詩ではない、しかし郷愁の如く持続的であると共に地下水のごとき熾烈《しれつ》さを以て流露する風土への愛着の詩なのである」と述べた。その実作に詩集『鯤《こん》』（昭11・3、民族社）、『風土』（昭18・1、昭森社）等がある。

井上も、『花粉』の校正にとりかかっていた頃であろう昭和十六年九月の『新領土』誌に、この運動に呼応するように、郷土詩と位置付けられる「遠い月」を発表している。同詩の内容は『月曜』時代のそれとは一線を画しており、むしろ晩年の詩風を思わせる。

以下に「遠い月」を引く。

谷川をつたつて夕暮がくる

少年は妹たちと　石段に並んで
縄綯《な》ひの藁打ちをする

遠い昔が光つてゐるよこづち…
ねぶの木のてつぺんで
梟《ふくろう》が啼いてゐる

ねぶの花が
軍旗の房のやうにゆれる

少年はフイルムのやうに
戦地の父をおもつた

昨日とどいた軍事郵便には
『元気で勉強せよ』とかいてあつた
そして
安部仲麻麿の歌がかいてあつた

『新領土』昭和16年９月号

少年も妹たちも　鼻やおでこへ
お月さんの泡のやうに
やいと花をくつつけてゐる

冒頭部の、夕暮の農村の情景から伝わる郷愁には、田中冬二の抒情に通ずるものがある。父の「軍事郵便」に書かれていた安部仲麻麿は、奈良時代に唐へ渡って帰国を果たせず一生を終えた。歌は百人一首の「天《あま》の原ふりさけ見れば春日なる三笠の山に出でし月かも」と推される。中間部の叙述からこの詩を時局便乗の詩とみなすのも可能であろうが、いっぽうで「遠い月」は、第一章に引用した「勤」（昭40・5、『詩人学校』）の二十四年前の原型ともいえる。長く暖められた詩想は、少年の戦地にいる父への懐かしみを霞ませ、合歓《ねむ》の木を「欅」に、仲麻麿の歌を背景にした月の「泡」を「しっぽ」へと転化させたが、それでも「お月さんの泡のやうに／やいと花をくつつけてゐる」の諧謔《かいぎゃく》味はまた格別といえる。なお「よこづち」（横槌）は藁打ちなどに使う農具で、円木を削って作った。

井上はどのように戦中戦後の時代を生きたのであろうか。すでに昭和十四年『月曜』第六号の「後記」で、風邪をひいたことにふれ「こんなところへ召集があつては、井上伍長の恥辱だと、悲感《ママ》したりした」と書いていたあたり、戦時体制に応ずる覚悟は整っていたようである。ともあれ、まずは戦時中の一挿話を、作家・十和田操の「多喜さん追憶」（昭41・5、『青芝』）から引いておきたい。

> 昭和十六年六月、ぼくは戦争に召集され、近江の八日市にあつた飛行連隊に入隊した。編成後、付近の玉緒村の農家に分宿して出動の命令待ちをしていたが、その間に、多喜さんは、東京の岩佐さんから聞いて、老蘇村から酒と肴《さかな》を携えて来て、連隊へぼくを訪ねてくれたということだが、面会は禁じられ、宿舎も秘密にされていたので、多喜さんは、飛行場の草原にひとり座りこみ、ぼくの名を呼びながら陰の歓送宴をひらいてくれたということを、あとで伝え聞いて、ほろりとした。

人情家、多喜さんの一人酒のくだりが印象深い。さて昭和十七年に四十歳になった井上は、かねて文通を通じ互いに理解を深めていた田中冬二に誘われ、六月十八日に信州上諏訪《かみすわ》で初めて、

戦時中の肖像

この年長の友と会っている。他にも岩佐東一郎、城左門、京都の臼井喜《き》之介が来訪し、皆で田中宅での句会を楽しんだという。宿屋での宴《うたげ》の楽しかったろうことも想像される。田中は昭和十四年から長野の妻科《つましな》に転勤し、ほどなく小林朝治の訃報に接していたが、十七年には第三銀行諏訪支店長になっていた。なおこの日には、田中も幹事であった、日本文学報国会の発会式が東京で行なわれていた。

昭和十八年二月に次男（寛《ひろし》）が生まれた井上は、同年に滋賀県芸術文化報国会詩部会会員となって、十一月に大政翼賛会滋賀県支部発行の『翼賛詩』の編集を行なった。同郷の小林英俊、武田豊、鈴木斗良三《とらぞう》（寅蔵）、高橋輝雄等も執筆参加している。

掲載された「雨の歌」は、蛙の声が雨を呼ぶ田園で、銃後の若い母が牛を叱りながら田を犁《す》くという滅私奉公的な内容であるが、「醜《しこ》の御盾の留守居して」という言葉に時代の空気を感じさせる。なお井上は、『文芸汎論』『日本詩』のほか、昭和十八年から十九年の『滋賀新聞』に、戦意高揚を企図した詩と分る七篇を発表していた。そこには「七生《しちじょう》の御民」「竹槍を作る」といった題のように、紋切り型の国策的用語が使われており、同紙に書いた他の詩人もまた、高橋輝雄を例外として芸術的抵抗の影すら示すことはなかった。

詩人の陵木《おかぎ》静は、「愛国詩」を書いた詩人が戦後、「彼らはおしげもなく現代詩を見棄ててしまった、あの醜態は外部からの強い圧迫もあったろうが、現実をはっきり見透す力がなかった日本インテリ―文学者たちの弱点を露呈してしまったものであると厳しく批判指摘」されたことに言及し、当時を回顧しながら「この国の人々にはそうした厳しい試練におかれた経験が過去の歴史になかっただけに、誰もが誤ちを責める資格はないだろう。ただ、その時代を生き抜いて来た人たちには複雑微妙な問題には違いない」（「湖国の詩脈―戦前の近代詩〈５〉―」昭57・7、『湖国と文化』）と述べた。

戦争末期において、井上が表現者としての自律を見失っていたのは拭《ぬぐ》い去れない事実といえようか。抒情を律する自己の哲学も、困難な時代を泳ぎきるために必要であったと思われる。とはいえ当時のいわゆる非常時に、一国民としてひと肌脱ごうとした善意を、現代の尺度から裁断するのは酷であろう。

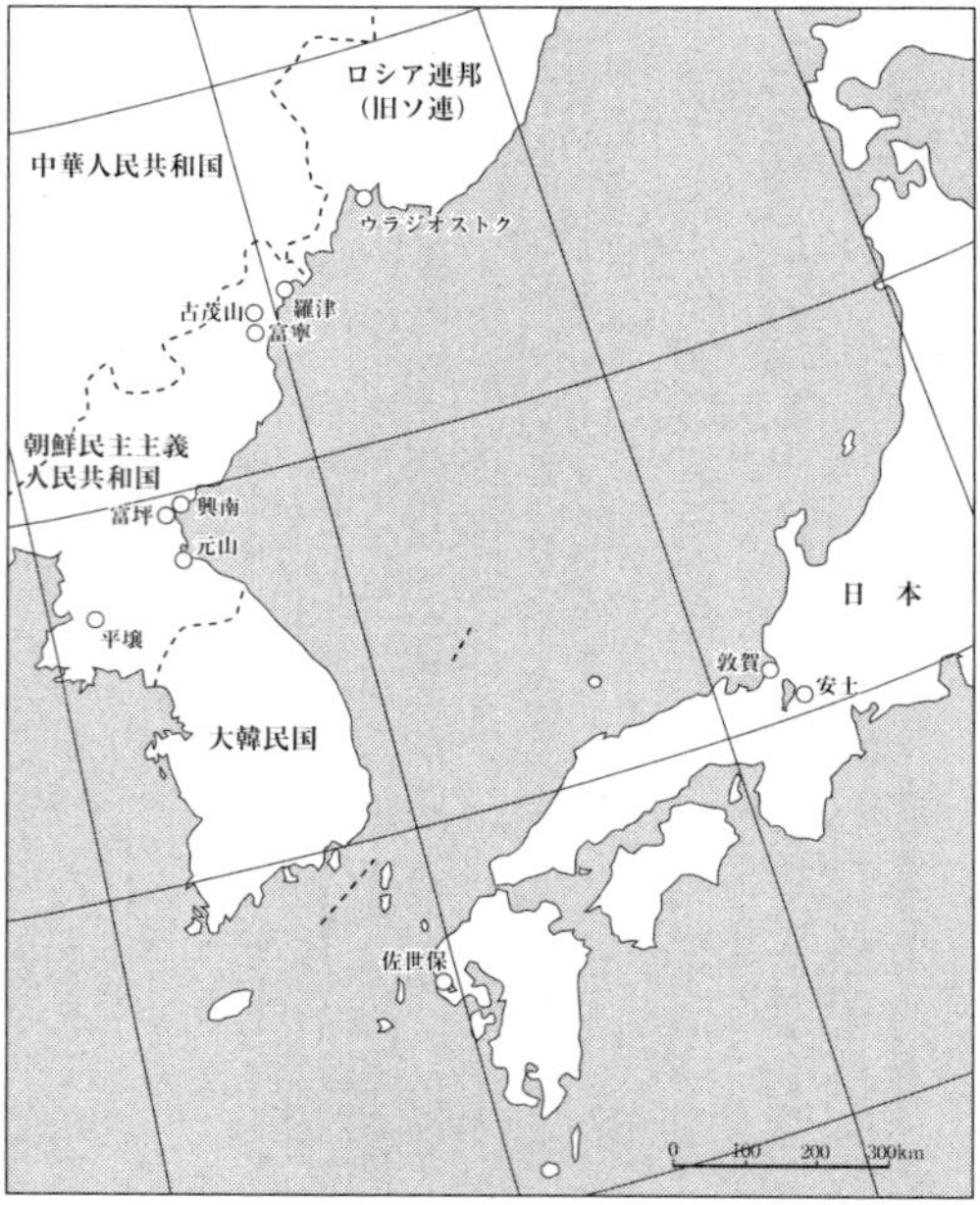

さて昭和二十年四月に召集令状を受け取り、敦賀の歩兵第十九連隊に入隊した井上は、ほどなく現・北朝鮮の羅《ら》津《しん》の陸軍輸送統制部に配属された。しかし八月十五日の敗戦を知らぬまま、旧ソビエト連邦の捕虜となり、苛酷と恥辱の抑留《よくりゅう》生活を送らされることになる。

井上は昭和二十年八月二十七日から十二月末まで、ソビエト管理下の元《げん》山《ざん》・富坪《ふひょう》・興南の収容所を転々とし、年末に朝鮮の地からウラジオストックの第八捕虜収容所に移送された。そこでは千名の仲間と共に氷割り、土工、荷役、セメントレンガ工といった雑役に従事した。毎朝、冷下二十度にもなる激寒の中にあった井上は、苦役の果てに赤痢《せきり》を患うことになって、約半年後の五月二十六日に当地を離れた。その後は病務者扱いとなり古茂山《こもざん》・富寧《ふねい》・平壌、そして再び興南の収容所に戻り、昭和二十一年十二月三十日まで主に自活作業の日々を過ごしていた。

翌年、興南港を出航し一月六日に佐世保に上陸した井上は、セメント袋の用紙を使った手製メモ「浦塩俘虜日記《うらじおふりょ》」二冊（8×12・2センチ）を持ち帰った。そこには、毎日の労役を中心とする生活記録のほか天候、食事や入浴、体調の良否が詳述されており、同胞の死、帰還の情報、現地市民の風俗などについても叙されていた。

日記は鉛筆で書かれていたため、磨耗《まもう》した頁面の判読はややもすると困難であったが、以下にウラジオでの記録を中心に、任意で抄録しておきたい。日記は昭和二十年十二月四日、家族に手紙を出した記述から始まる。この頃から詩作をしていたのが知られる箇所が、十一月二十六日「細雨の一日。詩『かげぜん』をつくる。」、十二月六日「『明治の少年』の詩稿をねる。」である。「かげぜん」（陰膳）はのち『浦塩詩集』に収められた「トウチヤンノカゲゼン」であろう。

同月、井上は徒歩で行軍させられ、興南から船でウラジオ港に着いた。船はしばらく停泊していたようである。十二月二十六日「よあけてみれば荒涼たる氷結の港町である。（中略）一昨日より食事せず空腹甚しい。残れるドウナツ三本食す。」二十七日「空腹極度、生米をかじり塩をなめ悲惨なり。」二十九日「寒さ特にはげしく、皮膚いたし。甲板の尿たちまちにして氷る。（中

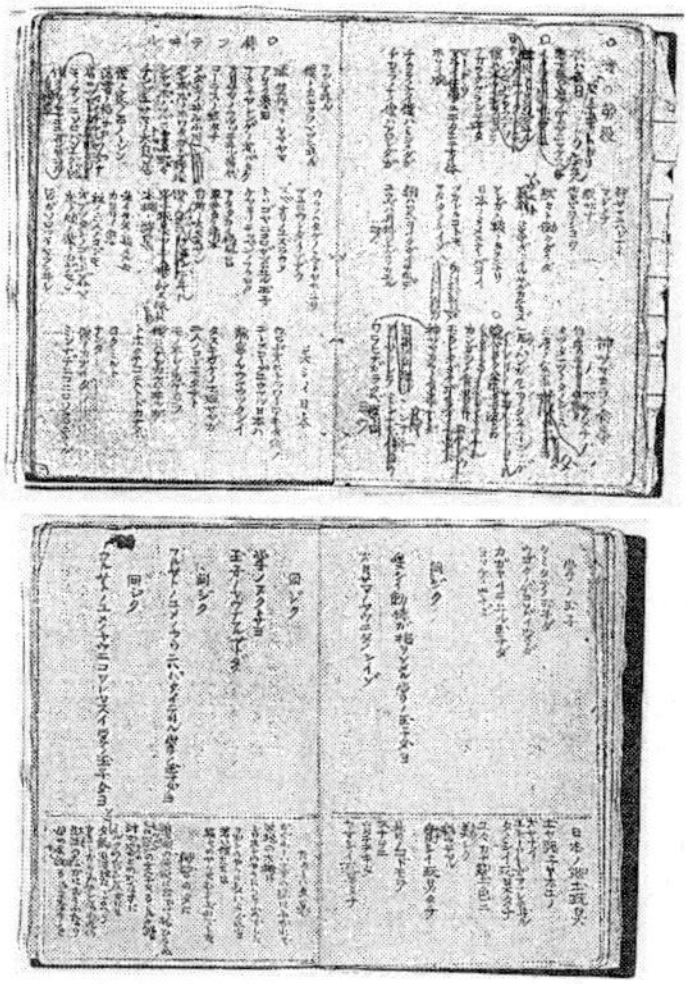

抑留生活中に記された詩稿

略）さむさにねむられず。」ようやく三十一日に上陸となる。

その後は厳しい労役が続く。昭和二十一年一月二日「クズ鉄はこびをなすも力なく自分ながらなさけなし。」四日「二回目所持品員数検査（毛布一枚きりにしてとりあげる）身上検査をうける。着のみきのままとなる。」八日「詩をおもひつづけるのはたのしい。（中略）村のことを思ふ。」十五日「昨日は村の左義長《さぎちょう》、今日は小《こ》正月、明日はシシマワシ。子供たちのことをおもふ。」二十七日「風邪咳のため終日黙然、詩もかんがへぬ日。」三十日「昼まで線路の氷わり。（中略）午后《ご》五〇トン車の石炭おろし（中略）つかれ甚しく二十一時かへる。」二月二日「咳いで体温三八度・二。診断をうく。（中略）夜に入り熱いでうなりながらねず。」三日「頭いたく体だるし。食欲なし。（中略）疲にまけてはならない。」五日「咳やまざるも作業にいで石炭おろしをす。午后悪寒《おかん》甚しく作業を休む。夜シンダンの結果錬休となる。三九度上。」このあたりがもっとも苦しい時期であったようだ。

二月十五日「和菓子、洋菓子のあまい話から湖魚、野菜料理の話はづむ。」三月四日「昨夜より引つづき降雪す。午后やみしもさむし。兵舎の掃除使役。サンパツをする。（中略）夜十回も小便におきる。」四月二日「雨あがりしも、くもり日にてさむし。レサにて丸材の貨車おろし作業。初めてにてコツをしらず相当骨がおれる。」三十日「作業なし。（中略）午后詩作。」五月二日「寝台の上で詩をおもふ。午后山下隊長を中心に文学座談会をひらく。同好七人。近く帰還説あり。」二十二日「今日は特別さむい。内地の寒中など問題でない。昨日の検査によってきめられた転属者七〇名。（僕も又その一員）」そののちウラジオを離れたとあり、故国上陸の翌日の昭和二十二年一月七日で日記は終わっている。

ところで井上が日記と共に持ち帰った詩稿（小紙片）には、「《小詩集・明治の少年》」と題された十篇と、『浦塩詩集』掲載作を含む二十四篇が細かく書き込まれていた。「呉服屋」「俥」「輪まわし」「自転車」「登校」「サギアシ〈竹馬〉」「ポピン」「米ふみ」「提灯」「ネルのマント」を収めた「《小詩集・明治の少年》」は、すべて少年時代の印象的な一場面を回顧した作で、おもに平仮名で書かれてあった。それらの数篇はのち改稿されて『コルボウ』『POETS' SCHOOL』に掲載された。

また『詩人学校』井上追悼号の年譜には、「昭和22年1月　詩集『掌の玉子』（直筆《じき》）田中冬二氏蔵」とある。筆者は未見だが、この詩稿に同名の詩が載っていたことから、抑留時代の作品を収めた自筆詩集を田中に贈呈していたと推察される。

井上は昭和二十二年一月十五日に帰郷することができた。岩佐東一郎「春愁」（昭22・4、『アカシヤ』）には、『月曜』に寄稿していた俳人の高篤三が昭和二十年三月の東京下町の空襲で亡くなったことと併せ、井上の無事とそれを報せた来簡が紹介されている。

……小生いのちだけをひらつてこの一月十五日浦塩から復員しました。祖国のかわりかたにうろうろしたりびつくりしたりしてゐますうちに一月あまりすごし、今はじめて机にむかふしまつです。詩のこともおもひつづけて、俘虜中も詩によつて助けられてゐました。お土産にも少々詩をもつてかえりましたが未だ雑のうにしまつたままでゐます。体の調子は割合よろしい故安心下さるよう。（後略）

岩佐は「菜の花の近江路をゆく頃もがな」と封筒の裏に書いた返信を二月二十六日に投函した。そこには、「おめでたう。おめでたう。百万遍もおめでたう。うれしい。うれしい。百万遍もうれしい。よかつた。よかつた。百万遍もよかつた。…………／つもる話もしたいし、そちらの引揚までの苦心譚《たん》の一席もききたい。生きてある限り生き抜かうではないか、タキさん。くよくよするなかれ。」と書かれてあった。

田中冬二も遅れて井上の手紙を受け取り、三月一日に以下のような手紙を書いている。「御たより何よりも何よりもうれしく拝見／とんで行き度い思ひでいつぱいです　ほんたうにうれしいことです／其の後御消息なくいつも案じてゐました／そして御無事であれと祈つてゐました／御宅の方へも幾度か御たづねしてみやうと思ひつつ今日になつて了ひました／御一家御一同の御よろこびの程御察しします／長い間の御辛労　よく堪へられましたね／小生うれしくてペンも走りません」（前掲『郷愁の詩人　田中冬二』）

岩佐と田中はその後、近江詩人会等での講演のため来県（昭25・10・27～31）し、一緒に井上宅にやって来た。岩佐「旅のアルバム」（昭26・1、『春燈』）によると、その折「近江のそっぽく谷の生活にも明るい灯がつ」いたと井上が手紙に書いていたという。井上は「そつぽく谷」とは「味気ない」という意味だと話した。岩佐がその響きに「何とも云えぬ寂しい味」を実感したように、戦後の潤いもなく厳しい暮らしに、井上はこの頃困窮していたのであった。

ようやく帰郷を果たした井上は、中風で臥《ふ》せっていた母（寿が）が前年七月に亡くなったことを知り、さらに旧友高祖保、六条篤の死も知る。戦後帰国して県内で教員をしていた妹の寿満《すま》も、過労から昭和二十五年三月に肋膜《ろくまく》炎で死去（享年39歳）した。

終戦時の老多《おいた》呉服店には、銀行預金が約五万円、国債五万円、商品在庫高が約五万円あった。しかし、敗戦後になって国の方針から預金は政府配給の証紙を貼った分しか使えず、国債は紙くず同然になる。商品も政府に差し押さえられ、個人所有ではなくなった。戦前からの財産は烏有《うゆう》に帰したのである。ほどなく父も隠居した。井上家の恵まれた生活は一転して食糧にも事欠く零落にみまわれたのであった。昭和二十三年八月に長女（美代子）も生まれた井上は、一家を支えるため東奔西走《とうほんせいそう》に汗しなければならなかった。

軍人恩給の支給にはもう二ヶ月足りず、衣料品配給所となった店でもヤミに流して儲《もう》ける、ということは生真面目な井上にはできなかった。お金がないため妻の着物や、三千本以上蒐集していたこけし、詩集など初版本、そして仏壇も売って糊口《ここう》をしのいだという。高村光太郎作のブロンズの少女像も日本に二体しかない自慢の品だったが売却した。はては親戚から二十五万借り、けっきょく毎月五千円の利子を返済し続けることになる。このように金銭の不如意は戦後の井上についてまわったのであった。

シベリヤ抑留の時にかかった凍傷の後遺症も井上を苦しめた。毎冬になると両手の、親指以外の付け根の関節あたりが霜焼けになり、紫色となって崩れていった。夏にはそれもかさぶたになっていったが治りきらないうちにまた冬が来た。井上は指なし手袋などでこれをいつも隠していた。

神戸在住の詩人・竹中郁は、戦後はじめて井上の家を訪問した。岩佐東一郎、天野隆一ともども井上主催の老蘇小学校での文化講演会に招じられたためであった。竹中「老蘇の風呂」（昭41・6、『骨』）によれば、それは「昭和二十三年か四年かのころ」で、物資窮乏の時代に「江州米をどっさりたべさすから」、といった井上の誘いに「それは有《あり》がたいと」やって来たようである。

竹中は泊った井上家の名物・樽風呂に入って「度肝ぬかれ」た経緯をこまかく記していた。しかし、彼らが江州の白米と甘い物の歓待をうけて帰った後、井上家は十日間ほど毎日申し訳程度の米粒の入った芋粥《いもがゆ》を食べて過ごしたという。

第6章

『浦塩詩集』と近江詩人会の設立

コルボウ詩集刊行記念会（昭和26年　荒木文雄邸。前列左から佐々木邦彦、井上、臼井喜之介。井上の後ろに武田豊、山前実治、田中克己。卓中央に天野忠。『山前実治全詩集』より）

第八詩集となった『浦塩詩集《ウラジオ》』は、昭和二十三年三月に、月曜発行所から限定百部で刊行された。クリーム色のアート紙製で、装幀（木版）は高橋輝雄。序詩と、詩「僕ノ労役」「神サマカラノ食事」「一粒ノウメボシ」「生レタ土地」「待ツテイル」「トウチヤンノカゲゼン」「僕ノ消息」「詩ハ幸福ソノモノダ（ナツカシイフルサト）」「美シイ日本」「稚《イトケナ》イ月夜」「僕ノ仕事」「帰ツタナラバ」「僕ハコウユフ人間デアリタイ」「冨《ママ》士山」の十四篇を収めた。のち「あとがき」を付して岩佐東一郎が刊行者の、風流豆本の会から再刊（昭32・2）されている。同書の「あとがき」には、次のように書かれてあった。

「浦塩詩集」は昭和二十一年の冬、ウラヂオ俘虜第八収容所でかいたものの一部である。（中略）読みかえしてみると、実につたない貧弱な詩なので、その大半は改作すべきではあるが、厳冬、血糞をたれながら労役に服し、一夜十三回も尿に起きた。それはその時の栄養失調のしからしめるところであると、あえて原詩のままにした。横なりにさしちがいでなければねられない狭い板寝台の上であつたが、詩をおもうことはたのしい限りであつた。詩をとおしてみる日本の風物は美しく愛しかつた。労役の道のほとり、歩行にあえぎながらも、セメント紙の破片を拾つて、小さなノートをつくり、木片にさしはさんだ一センチ位の鉛筆をなめて、日夜作詩にいそしんだ。ノートは発見されると、ソ聯兵にりやくだつされるおそれがあるので、これは褌《ふんどし》の内側にポケットをしつらえて、常にその中へかくしておくことにした。ともすれば消えかかつた私の生命を、やさしく見守つた褌詩集である。

右のように、「セメント紙の破片」に書き付け「褌」に隠したという詩篇の多くからは、「詩をとおしてみる日本の風物は美しく愛しかつた」という井上の肉声が響いてくる。片仮名と漢字の取り合わせからは、非人間的な状況に立たされていた作者のたどたどしい思いが、かえってよく伝わる。同じく抑留生活を題材にした、長尾辰夫『シベリヤ詩集』（昭26・7、草原書房）や大塚雪郎『翅《はね》のない天使』（昭26・12、赤穂文芸クラブ）の「シベリア詩篇」、その後発表された石原吉郎の諸詩と比べても、『浦塩詩集』の清澄な明るさ、望郷の念の際立った表出は個性的である。まずは、「僕ノ労役」を掲げておこう。

僕ハ毎日
零下三〇度ノサムサニマケズ

労役トトリクンデイル
僕ハソロバンヤ筆ヲモッテ
ナガラククラシテイタ
労働ニキタエテナイ体
ホソイ腕
チカラノナイ僕ハミジメダガ
チカラノナイ僕ハアワレダガ
神サマニハジナイ
マジメナ
シンセツナ
仕事ヲシヨウ

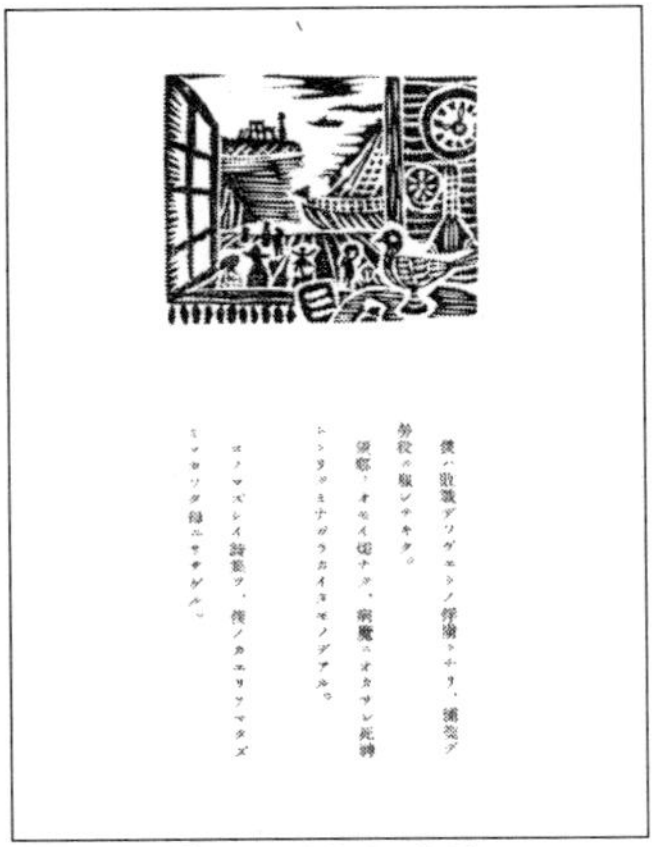

『浦塩詩集』序詩

黙々ト働クダケダ

ソヴエトノ仕事ダトイツテバカニセズ

ソレガ人類タ《ママ》メニナリ

日本ノタメニナレバヨイ

ツカレルコトモ

マタタノシイゾ

朝ハ星ヲイタダイテ出デ

ユウベハ月ヲ拝シナガラカエル

近江詩人会の会員であった猪野《いの》健治は、「井上多喜三郎論　浦塩詩集を中心に」（昭32・1、『詩人学校』）で、この詩が「少しの暗さも晦渋《かいじゅう》もなく異様な明るさにみちている」とした。この明るさを、猪野は「強制労働を痛烈に拒否」した井上の姿勢に求める。

強制労働を課される者が「自らの世界観や観念の展開によって自発的に労働に従事する」場合、そこで強制労働は成立せず「一個の自由な自我に転化」すると猪野はいう。それが強制労働の原理の「拒否」たるゆえんなのだが、井上の現実へのヴィジョンは、自己のおかれた状況への、懐疑をつき抜けた肯定意識に支えられているようである。

「僕ノ労役」からは、強制労働という条件を超え、仕事の労苦そのものへの馴致《じゅんち》を課している作者像が浮かび上がってくる。「神サマニハジナイ／マジメナ／シンセツナ／仕事ヲシヨウ」との自己の運命の忍耐強い甘受、「ソレガ人類ノタメニナリ／日本ノタメニナレバヨイ」といった向日性の諦念《ていねん》ともいうべき現状認知、「ツカレルコトモ／マタタノシイゾ」という自分自身への励ましにも、労苦への馴致の指向がみてとれる。そこでは「強制」労働という現実との対峙、不条理な現実の変革への訴えは捨象《しゃしょう》されている。

井上は、現地での生活を直視するよりも、遊離魂が郷里へと戻ってゆくような望郷の思いを多く詩にした。それらは、さながら『浦塩（望郷）詩集』とも名づけられる趣である。たとえば「待ツテイル」は次のように書かれている。

マッテイル
僕ノカエリヲマッテイル

キヌガサ　ミヅクリノ山々
アヲイ麦田
ナタネヤレンゲノ花バタケ
オ月サマノウツツテイル苗代
コーラスノ蛙タチ
メダカノイル小川
タンポポノホワタガトブ野径《ミチ》
シヤツポノツバニトマル蝶々
チンジユサマノ大鳥居

僕ノ家ノ古ノウレン《ママ》
落書ノ格子戸

僕ノクセノママニユガンデイル自転車
店ノ間《マ》ノチンレツ棚
モノサシ　ソロバン　大福帳

裏ノハタケノトマトヤキユリ《ママ》
ツユニ熟《ウ》レタイチヂク
スズナリノユヅラウメ
トリ小屋ニコロガツテイルタマゴ
ケヤキノテツペンノフクロク《ママ》

アタタカイ桶風呂
車井戸ノ清水
台所ノ大釜サン

僕ノ室《ヘヤ》イツパイニナランデイル郷土玩具

本棚ノ詩集

老イタ父
病メル母
カヨワイ妻
オサナイ二人ノコドモ

御仏壇ノ御先祖サマ
床ノ間《マ》ノ僕ノカゲゼン

皆ガソロツテマツテイル

淡々とした素直な筆致による回想的映像の列挙が続くこの詩のすべてに、魂のかえる場所である故郷の風光への懐旧が満ちている。このように、井上は厳しい現実とはことなる夢想を心の支えとしていた。詩人はそうした選択により、自己の感受性を守ろうとしたと考えられる。

しかしこれら二篇からも分るように、『花粉』までにみられた機智や連想の飛躍といった詩法は、『浦塩詩集』では影を潜めている。この点をめぐり、大野新は、「井上多喜三郎論（I）」（前掲『詩人学校』）で次のような指摘をしていた。

この詩集で、最も重要な転身は、詩を比喩以前の感動にもどそうとしたことと、従来の貴族的な風貌をすてて、庶民としての装飾のない自分を肯定していったことだろう。（中略）異境で病いを得た詩人の、当然な創造力の衰えとみるべきであろう。然《しか》し庶民性の自覚ということは、その後の詩を決定づけてゆく重要な契機である。

大野のいうように、抑留生活での「創造力の衰え」が自覚させた「庶民としての装飾のない自分」は、戦後の「転身」の重要な契機となる。ただし庶民性は、『華笛』に収められた民衆詩や、戦時中の郷土詩ですでに自覚されていたともいえよう。むしろ郷土の風物への愛着、それらとの交感というモティフを、井上はあらためてシベリアの地で自覚したといえるのではないか。郷里の風物とともに自分が生きてきたという切実な実感が、『浦塩詩集』の望郷詩から胚胎《はいたい》したものと考えたい。じっさい自己と郷里の風物との交感は、堅固な詩想となって、後年の詩作で開花してゆくことになる。

井上は、岩佐など東京の詩人たちによる『風船句会報』（のち「風船」）に、昭和二十二年から約二年にわたり随想を書いた。また、八幡城太郎が編集発行した俳句雑誌『青芝』（昭28・9創刊）を支援する〝青芝友の会〟に入会して、散発的に詩と随想も送稿している。

しかしそれらを除けば、戦後の詩的活動は、滋賀と京都の詩壇でのそれにほぼ限定される。天野隆一をはじめとする京都の詩人たちと親しかった井上は、はじめコルボウ詩話会に誘われ、脱会後「骨」の会の同人となる。滋賀では、同人詩誌『朱扇《しゅせん》』創刊の一時期に参加した他、近江詩人会の創立に深く関わり、その運営に尽力した。

コルボウ詩話会は、昭和二十四年五月に、戦前から活躍していた京都の詩人たち十四人（安藤真澄、天野隆一、天野忠、城小碓《じょうおうす》〔本家勇《ほんけいさむ》〕、児玉実用《さねちか》、小高根《おだかね》二郎、久滋徹三、間司《まじ》恒美、半井《なからい》康次郎、佐々木邦彦、田中克己、俵青茅、依田義賢、山前実治）が鳩合《きゅうごう》して結成された。月一回、発行された詩のテキストをもとに、会員宅を巡回して合評会を行なっていた。脱会者も多い一方、若手詩人も多数育っている。年刊詩集を十冊刊行したが、昭和三十五年十一月に解散した。

井上は、昭和二十五年二月発行の『コルボウ』第七号から詩を発表し、二十七年六月の第三十五号まで詩を掲載している。さいしょの年刊詩集である『コルボウ詩集』（昭26・9、コルボウ詩話会）にも四篇（「三文自転車」「或る善意」「相撲」「父の土産」）を載せた。

ここでは「父の土産」を引いておく。

敗戦後の人情はつれなく
商売はいんちきで
僕のような馬鹿正直者には
一家が食つてゆくだけのかせぎも出来かねる

小使《ママ》に窮しては古本を売つた
古本の大半は
こどもたちへの土産に変つた
めぼしいものからもちだすので
雑本ばかりがあとに残つた
詩人のブ《ママ》ライドもすてた僕は

つまらない本の間で
こどもたちの生長をたのしんでいる

街へは商用で隔日位にでかけてゆく
土産をまつているこどもたちは
もちかえつた風呂敷包を
せりあいながらひらくのだが
僕は手品のように
飴玉やみかんを
頭のてつぺんからとりだしてみせる
この間は十姉妹《じゅうしまつ》を
ポケットからとびたたせた

このユーモラスな「下げ」がみられる「父の土産」など『コルボウ詩集』の詩には、書き方によっては深刻にもなるような生活苦の題材を、諧謔《かいぎゃく》の込められた軽みで包んでいる観がある。井上のこの頃の詩作には、戦前からの「ハイカラ」な詩もあれば、庶民の立場から生活を直視した、物語性をもつ作もあり、詩法の幅広さをうかがわせている。この振幅はあらたに自己の詩表現を模索しようとする井上の考究ぶりを示すものと考えられる。

近江詩人会は、滋賀とその近くに在住する詩人たちによって現在も運営されている。日本現代詩人会編『資料・現代の詩2001』（平13・4、角川書店）によると、全国には四十の詩人団体があるが、五十年以上持続している同会は稀な存在であろう。毎月、作品を載せたテキストを発行し、第三日曜日に県内で詩話会を設け、相互の詩を批評し合っている。入脱会は自由、指導者をおかず全員が生徒という学びの会である。これまでアンソロジー詩集も四冊刊行している。

同会は昭和二十五年八月に、滋賀県立短期大学教授に赴

近江詩人会テキスト『POETS' SCHOOL』
第1～5集

任してきた田中克己《かつみ》と井上、そして小林英俊《えいしゅん》、武田豊が集って結成した。田中は半年後に滋賀を去ったが、同じ頃滋賀大学教授の杉本長夫《たけお》が加わって、井上たちと共に会の運営に尽力し、後進を育成した。なおテキストを元に批評しあうという会の形態は、コルボウ詩話会を模したものであった。

他のおもな会員を挙げる。昭和二十六年までに中川いつじ（逸司）、陵木《おかぎ》静、藤野一雄、宇田良子《よしこ》、中川郁雄、猪野健治、井上源一郎、錦織白羊《にしごりはくよう》、我孫子元治《あびこもとはる》、高橋輝雄、鈴木寅蔵、田井中弘《ひろむ》、岩崎昭弥、木村三千子、谷川文子が参加していた。昭和四十年までに大西作平、大野新、久保和友、石内秀典、外村文象、苗村和正、関谷喜与嗣、伊藤茂次ほかも入会している。とりわけ鈴木・藤野・中川郁雄・大野が会の継続発展に努力した。

小林英俊（昭和17年）

田中克己（一九一一～一九八二）は大阪生まれで、『コギト』『四季』に参加して東洋的幻想を加味した抒情詩を書いた。戦後は詩誌『果樹園』を創刊、のち成城大学教授となった。田中の「詩人学校の校長先生」（昭41・6、『骨』）によると、田中が彦根の官舎に転居した翌月の「七月二十二日」に、コルボウ詩話会で親しくなっていた井上が小林とやって来て、近江詩人会を作ることを決めたという。会誌の題「詩人学校」を発案したのが田中、「POETS' SCHOOL」にしようと提案したのが井上であった。なお田中が彦根を去る時、井上は「勝手に」『寒冷地帯』なる田中の、近江での詩選集（豆本）を作って贈呈している。

小林英俊（一九〇六～五九）は彦根円満寺の住職で、西条八十《やそ》の内弟子であった。飄逸《ひょういつ》味のある気さくな人物で、井上と馬が合った。戦前から『蝋《ろう》人形』等に抒情小曲を発表しており、流行歌「ルンペン節」「天国に結ぶ恋」の作詞者（筆名「柳水巴《りゅうすいは》」）だったが、晩年は結核を病んだ。

武田豊（一九〇九～八八）は長浜の古書店主であった。純朴かつ温厚な性格で、若い詩人からも好かれた。井上と同じく堀口大学に師事した。初期の詩にはダダイズムの傾向があり、耳・眼を患った戦後には平易な表現の抒情詩を書いた。コルボウ詩話会にも属したが、昭和二十九年一月から隔月刊で発行された詩誌『鬼』を主宰したことでよく知られる。

杉本長夫（一九〇九～七三）は、戦前旧朝鮮の京城に住み、当地の詩壇で活躍していた。英文学者でポーの訳詩集もある。戦後滋賀大学の教官として赴任、彦根に居住した。教育者として学生の人望も篤かった。重厚な雰囲気をもつ人物で、井上と両輪となって近江詩人会を指導した。

同会のほかに詩誌『詩声』『骨』『RAVINE』等の同人であった。
参考として、以下に小林、武田、杉本の代表的な抒情詩を引いておきたい。

時には暗い翳《かげ》を笑ひに紛らせながら
妻は透蚕《すきご》のやうに美しく窶《やつ》れた（小林「受胎」昭33・9、『黄昏の歌』近江詩人会）

あの日は桃の花の傘をさして
弟と髪を剃つてもらつた
あの朝は山を背負つていたので
観音さんかと思つた
あの夕ぐれは桑代《くわしろ》の交渉に
男以上の伝法が見えた

薬を温めながら
風と共に入り込んでくる
青麦のにおいを
いつまでもいつまでも聞いた（武田「母」昭26・12、『晴着』文童社）

少年は空に触れようと樹に登った。

少年は枝をつたって星々の間を登った。

木の葉達が不安げに囁《ささや》き合っていた。

天に近くなったとき、
枝は希望の重みで地上に伏した。

大地は少年の身体《からだ》を
母のように掻き抱いた。

星々の瞳はそのときはじめて潤んでいた。（杉本「希望」昭30・9、『石に寄せて』書肆《し》ユリイカ）

先述のように井上は、近江詩人会創立の立役者の一人であった。初代の代表であり、最年長者で牽引力もあったことから「詩人学校の校長先生」（田中克己）格でもあった。編集に関わった『POETS' SCHOOL（詩人学校）』にも詩を多く発表した。東京や関西の有名な詩人も、井上に招かれて講演にやってきた。昭和三十年頃には運営・経済的事情から存続の危機もあった。しかし毎月の詩話会は一度の休みもなく続けられた。詩話会は井上の亡くなるまでに百八十八回開かれたようだが、彼はそのうち二回しか休んでいない。

井上の後進への指導ぶりは、会員の久保和友「井上多喜三郎のこと」（昭61・1、『湖国と文化』）にも描かれている。久保は『抒情詩集』（後述）を読

近江詩人会（昭和40年頃　甲西町にて。前列左から井上弥寿夫、伊藤茂次、一人おいて井上、藤野一雄、西川勇。後列左から鈴木寅蔵、高橋輝雄、伊吹吉雄、北川縫子、谷川文子、大野新、中川逸司、外村文象）

み私淑していた井上へ、五十行の詩を送ったところ、四行に縮められて戻ってきた。五回添削を繰り返した後に会への参加を勧められたが、詩話会でも二十行の詩を四行に縮められたという。詩話会での井上は、自他の詩に対して誰より厳しい批判を、それも一刀のもとに浴びせていた。庶務を担当していた藤野一雄にも次のような証言がある。

井上さんの批判の鋭さは、例えば「その言葉は不要《いら》んなあ」「生やなあ、こなれてないなあ」さらに「これは詩やないなあ」となれば決定的である。文学観、表現技法の相違などから、釈然としない者、詩人学校から退学？して袂《たもと》を分つ人が出るのも致し方のない成行きではあった。然し、若輩の私なども反論したり、先輩苦心の詩作品について、（中略）忌憚《きたん》のない批評を加えたりもした。解らん奴は度し難しと思われてか、黙って耐えて居られる様子の伺えることもあった。（「詩人は風呂敷を担いで―井上多喜三郎さんを巡り―」昭61・1、『湖国と文化』）

近江詩人会の機関誌『詩人通信』（昭28・7～昭31・4）の「詩話会だより」は、井上ほか出席者の発言を記録しており、会の内容をうかがわせる。それらをみると、井上はテキストの詩に対し、言葉や連の意味や関連性、全体の表現形式をめぐり評価を述べ「なま」「散文的」「鋭さにかける」「注記が邪魔」「通俗的」といった批判を加えていた。

近江詩人会編『滋賀詩集』（昭32・8、同会）は、初めて刊行された滋賀県詩人のアンソロジーであった。そして同詩集に収められた詩を含む第九詩集『抒情詩集』は、昭和三十二年九月、文童社から発行された。限定百部、装画木版・高橋輝雄による豆本であった。初出は『コルボウ』『POETS' SCHOOL』。中扉には「僕の抒情詩」と題され、「暗い夜」「浅春の歌」「だまっている牛」「僕の小夜曲《セレナーデ》」「停車場にて」「御饅頭《まんじゅう》所蒸求堂」「母の歌」「秋風の歌」「縁日のcomedy」「葱」「秋の雲」の十一篇を収めている。

この時井上多喜三郎は五十五歳。戦前から培《つちか》ってきた詩風の一応の区切りになった詩集である。そこには自然な音律の流動があり、高祖保のいう「不老的若さ」がなお存している。夢を語る詩人の心懐には、純心な少年のままの憧憬が折り込まれているようだ。以下に三篇を紹介しておきたい。

浅春の歌

風が産毛のように吹いている
——金色の産毛のように
あなたは何処にでもいる
見開いた本の間に
散歩のパイプの中に

停車場にて

時計が大きく二時を打つ
白いスエエタアの胸に

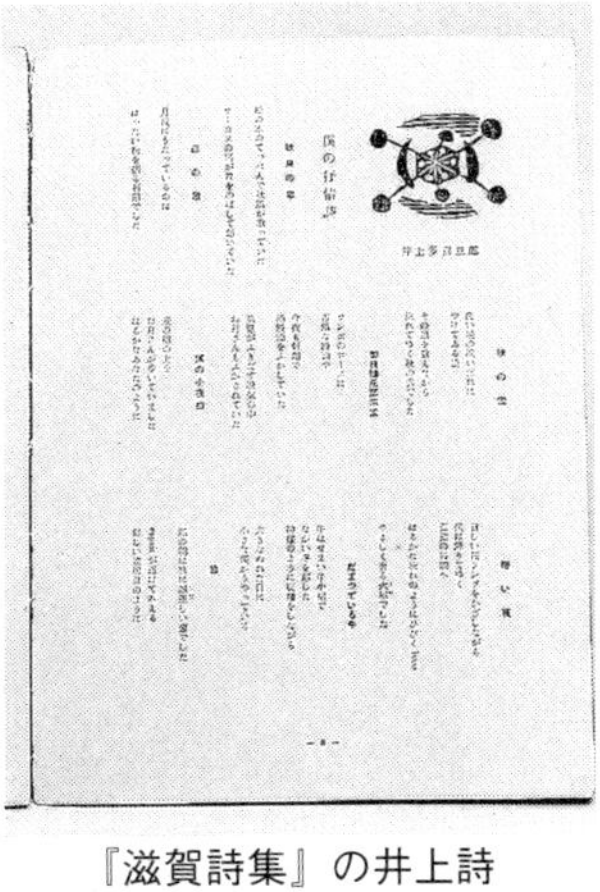

『滋賀詩集』の井上詩

薔薇の花を挿しているひとよ
私にはもう待つひとなど　いないのだが
私の手は改札口の木柵に
手袋のように重なつていた

秋の雲

洗い場の浅い流れに
つけてある皿

その皿をかぞえながらゆく秋の雲でした

第7章

『栖』——「骨」時代

山前実治と（昭和33年5月、京都市役所前）

詩誌『骨』は、昭和二十八年十一月に「骨」の会から発刊された。同会はコルボウ詩話会を脱会した依《よ》田《だ》義賢《よしかた》、山前《やまさき》実治《さねはる》、田中克己、佐々木邦彦、荒木利夫と井上多喜三郎の六名の同人が結成した。みな戦前から詩を作ってきた年輩詩人で、会にはのち学者や美術家等が多数参加した。当初は週に一回、のち月一回は酒宴をかねた会合を開いていた。

創刊号の「雑記」に井上は、「若い骨は太るのだが／太らない骨を削つて生きている／僕達である。詩人を貧困に苦しめるような、この国の政治は賞められないが、僕達はせめてエスプリの骨だけは太らせたいと、パッションをかたむけているわけだ」と書いた。そうして日々の生活に追われながらも、『骨』誌上で勢力的な詩活動を行った。会の仲間は井上の人柄を愛し、彼の死後には通常の倍ほど部厚い追悼号を刊行している。

同人のうちシナリオ作家の依田義賢（一九〇九～九一）は京都生まれで、映画監督・溝口健二の『雨月物語』など多くの脚本を手がけていた。井上も依田のラジオドラマ「沖ノ島」（昭40・8・6、朝日放送）に出演し、「私は話したい」を朗

『骨』1号

昭和28年秋『骨』創刊の頃（左から荒木、田中、井上、依田、山前、佐々木。『山前実治全詩集』より）

読したことがある。そして山前実治（一九〇八～一九七八）は、飛騨出身で戦前『リアル』『線』誌を主宰し、京都市内で印刷業の双林プリントを経営しながら、文童社の名により『詩人通信』誌の発行や多くの詩集出版も行なっていた。

　山前は激しやすい性格で、井上とはよき喧嘩《けんか》相手であった。「詩人」（昭34・8、『骨』）のなかで「多喜さんは、いい意味での、たんじゅんそぼくな善人で（中略）あまい人格者であるのが、すこしだけ気に入らない」と書きながらも、「手織木綿のような詩人」というすぐれた評語を与えている。井上の詩集出版には山前の助力があり、『骨』の編集は両名を中心にして行なわれていた。

　英国詩人・エリオットの研究者で京大教授の深瀬基寛《もとひろ》（一八九五～一九六六）は、文化時評「詩の胎動」（昭30・1・13、『読売新聞』）の中で『骨』に言及し、「なかでも井上多喜三郎氏の作品をいつもわたしは愛誦している」と述べていた。この頃『骨』はすでに第八号まで刊行されており、井上も毎号に詩や随想を発表していた。

『骨』誌では戦前の井上詩の特徴であった「ハイカラ」な気取りが影をひそめ、名詞の片仮名化、行末の「～でした」などのやや軽薄な表現もみられなくなった（5号に再掲の「抒情詩集」七篇は例外）。そして抑留生活や日々の暮らしを材とした詩、生活者の怒りや社会批判をストイックに叙した詩も散見されるようになる。のち詩集『栖《すみか》』に収録されたのは、第八号以前では「魚の町」「初戎」「海老蟹」であったが、とりわけ「魚の町」は評価が高かったようである。

十冊めの詩集『栖』は、「骨」編集室から昭和三十七年五月に、限定二百五十部で発行された。装幀は高橋輝雄で、初出誌は『骨』のほか『POETS' SCHOOL（詩人学校）』『饗』（『骨』に再録）。「魚の町」「初戎《はつえびす》」「挽歌」「執」「海老蟹」「その手」「暮しの歌」「臍《へそ》の緒」「霜の朝」「早春」「犬」「犬」「げじげじ」「蛞蝓《なめくじ》」「蚯蚓《みみず》」「蚯蚓」「山羊の歌」「私は話したい」「種子」「鎖」「夜」「栖」「八」「慣」「平」の二十五篇を収めている。まずは「魚の町」を掲げておこう。

京の錦《にしき》の魚市場は高倉から堺町柳馬場富小路麩《ふ》屋町御幸町寺町へと続いている

八百屋牛肉屋ホルモン肝臓豚肉屋缶詰屋牡蠣《かき》屋茶屋乾物屋海苔玉子パン粉屋昆布屋切麩屋鰹節屋魚屋饅頭栗餅屋文房具屋乾物雑魚屋ちょうじ麩屋魚屋合鴨かしわ屋魚屋蒲鉾屋かぶらすぐき漬物屋白赤田舎味噌屋菓子屋八百屋下駄屋カッポ着屋豆腐こんにゃく油揚屋塩鯖乾物屋大豆小豆雑穀屋魚屋に数の子牡蠣屋乾物屋川魚屋味の豆佃煮屋玉子かしわ屋鮮魚コマ切屋魚屋こんにゃく豆腐屋缶詰砂糖屋佃煮《つくだに》屋菓子パン屋縫糸屋八百屋魚屋千枚漬屋促成胡瓜《きゅうり》なすび青豆屋ぶりやさわらの刺身はもの照焼屋とろろ昆布屋笹がれい屋バナナリンゴみかん屋しょうがわさび屋牛肉屋雑貨屋新巻鮭の乾物屋魚屋に又乾物屋果物屋鯨肉《げいにく》屋蒲鉾屋焼芋屋酒粕屋せりうど筆しょうがパセリゆずぎんなんトマトなどの青物屋足袋屋湯葉屋餅うどん菓子屋魚屋玉子かたくりパン粉屋魚屋に野菜サラダや天ぷら屋うなぎの蒲焼八幡巻屋焼鳥屋魚屋茶椀屋卯の花漬かますご屋漬物屋又漬物屋このわたうに屋乾物屋寿司屋ころっけ天ぷら屋魚屋玉子納豆屋かしわ屋魚屋小間物屋湯葉乾物屋青物屋果物乾物屋又乾物屋蒲鉾屋端切屋酒屋缶詰屋天ぷら屋雑貨屋青物屋果物屋玉子屋削りかつを屋寿司屋下駄屋うにこのわた屋各国茶屋漬物屋雑穀屋乾物屋又乾物屋削りかつを屋魚屋に又魚屋果物屋八百屋かしわ屋青物屋菓子屋魚屋又魚屋あめだき屋牛肉屋魚屋又魚屋蒲鉾屋魚屋照焼屋魚屋に又魚屋湯葉屋荒物屋鯛みそてっかみそ八丁《はっちょう》みそ屋うにからすみ屋魚屋乾物屋蒲鉾屋魚

屋に花屋果物屋小鳥屋はまぐりに牡蠣屋漬物屋かしわ屋魚屋乾物屋銘茶屋うどん玉子かし
わ屋荒物屋菓子屋メリケン粉中華そば天ぷら屋果物屋菓子屋蒲鉾屋に乾物屋又蒲鉾屋

うなぎのねどこのような小路を
奥さんの旦那の妾《めかけ》のストリッパーの親爺の腰弁の女中や小僧の胃の腑がひしめいている

言葉の奔流に圧倒される詩だ。じっさいの錦通を取材して書かれたであろう「屋」の延々と続く具象的なリズムは、人界の喧騒をかえってリアルに伝える。大野新は、「井上多喜三郎詩集『栖』山前実治詩集『岩』出版記念会（その2）」（昭38・11、『詩人通信』）のなかで、

この、大きな物量に対して呆然とされている描写、これは従来の井上さんの詩、つまり、貴族的でおしやれな詩といいますか、自分の主観で対象をかえようとするあの態度が、物に呆然と向きあつてしまつたという一つのはつきりした転機をあらわす形だと思えるのです。（中略）それ迄《まで》は自分の心理に即して物をねじふせて書こうとされていた。それが、物と均衡《きんこう》をとろうという精神にかわつていつたんじやないか（後略）

と発言している。それまでの井上詩とは異質な、前衛的な饒舌《じょうぜつ》の詩であり、「物と均衡をとろうという精神」をここで井上は会得したかにみえる。たしかに大きな転換点に「魚の町」は位置しているようである。ただし「魚の町」と同傾向の詩は、「商売繁盛笹もってこい」が繰り返される「初戎《はつえびす》」と、『栖』には収められなかった「彼岸」のみで、詩としては実験作とみなされる。

参考に「彼岸」（昭33・3、『骨』）の前半を引く。

なあぁむぅああみぃだあぁぶうつぅカンなあぁむぅああみぃだあぁぶうつぅカンお寺の本堂では百万遍のじゅづ《ママ》くりがはじまつているなあぁむぅああみぃだあぁぶうつぅキャンなあぁむぅああみぃだあぁぶうつぅカン和尚のたたきあんばいで鉦《かね》の音はカンと鳴ったりキャンときこえたりするなあぁむぅああみぃだあぁぶうつぅキャンその音のゆくえは地獄へ落ちてゆくようでもあり極楽へ通じているようでもあるなあぁむぅああみぃだあぁぶうつぅカンなあぁむぅああみぃだあぁぶうつぅカンつぶやくように唱へているなあぁむぅああみぃだあぁぶうつぅキャン（後略）

「彼岸」について、『骨』十一号から同人参加した深瀬基寛は、座談会「日本語と詩」（昭33・4・19、於れんこんや）のなかで「散文的なリズム」があって「喜劇的で実に面白い」と言っている。井上は「何か作りすぎてるような気がする」と返答したが、現代的な発想のある点を佐々木邦彦も評価していた（昭33・8、『骨』）。しかし田中冬二は井上宛の葉書（昭33・4・5）で「彼岸」を「面白いですが　多喜さんの作品としては上ではありません」と書いていた。作為が残る詩と自省して、『栖』に掲載しなかったようだが、この異色作は「魚の町」同様、井上の全詩業の中でも独特の光彩を放っている。

『栖』には日常生活を題材とする詩も九篇ほどある。「その手」「臍の緒」「平」など、作者のあたたかな人格を投影した佳品だが、ここではまず「暮しの歌　1」を引用する。

仕入の帰りはいつも夜だ
京阪の問屋を馳《か》けまわって
集めてきた商品の大きな風呂敷包

どれだけ遅くなっても

風呂敷包の結びめだけは解《ほど》いておく
——終日《いちんち》大へんご苦労さま

風呂敷包みは詩人の商売道具で、いわば分身のような存在といえよう。疲れて晩《おそ》く帰った夜、こうした「もの」に対して「大へんご苦労さま」と労《いた》わりの言葉をかけているところには、作者の生活愛を感じさせる。同詩集の「私は話したい」の生き物への姿勢のように、風呂敷包みとも心を通わそうとしているようである。

次に「八」を引く。

この簡素な板屋根の栖で私は寝ころんでいる
よいあんばいに天窓もあいている
十文《もん》に二文たらない親和感
六識《しき》なんか素通りしているのも愉快だな

ひとり笑えてくるのだが誰に気兼ねもいりはしない
　天窓の空はすばらしく青い

一般に縁起のよい数字（作者も好んだ）「八」を題とし、〝足るを知る〟的な虚心を伝える詩になっている。簡素な我が「栖」で「十文に二文たらない親和感」を抱いてねころぶ書き手は、「よいあんばいに」天窓からのぞく青空をひとりながめる。六識は、眼《げん》・耳《に》・鼻《び》・舌《ぜつ》・身《しん》・意《い》による認識作用、ひいてはそれを行なう心を意味する仏教語なのだが、「なんか」「愉快だな」という表現から、そのような教義臭い「六」を面倒に思っているらしいのも分かる。

川口敏男は「八」について、「童心が美しく結晶し」「おうらかに美しく、そしてのびのびとしている」とした上で、詩集『栖』全体に対しても「何というすんだ美しい詩心であろう。多喜さんの詩には暗い翳《かげ》がない。どんな悲惨な生活にも明るい天真爛漫な天使が笑っている」（「多喜さんの詩」昭37・9、『骨』）と評していた。肩の力のぬけた「天真爛漫」の詩境はたしかに好もしい。

つづいて「平」を引こう。

私の入浴は日課のピリオド
遅い帰りで一番鶏《どり》がうたっていようとも

桶風呂の世界へは
借金取りなんか来やしない
臍《へそ》を平に目をつむる

女房が追焚きをする菜種がら
ふたくべ三くべ――「もういいぞ」

湯気がもくもく立ちこんで
私の老年なんか見うしなう
風呂のまわりの蟋蟀《こおろぎ》よ

「桶風呂の世界」で「臍を平に目をつむ」り、「老年なんか見うしなう」という心のおき方にも、

井上家と同型の「桶風呂」
(滋賀県立琵琶湖博物館)

「八」同様の知足ぶりがうかがえる。井上は風呂好きで、名物だった実際の「桶」風呂に毎日入浴していた。昭和四十年はじめ頃、空焚きのため壊れてしまったが、「平」は桶風呂の詩趣を読者の記憶に残し続けるだろう。

『栖』には生きものの詩が多く、全体の約半数を占める。それぞれの詩には、生きもの達への鋭い観察眼があると同時に、彼等への穏やかな共感も底流している。日常生活を題材とする詩と同じ心のおきどころである。短詩「霜の朝」から紹介する。

牛は博労《ばくろう》にひかれていった

糞《ふん》は野道に居座っていた

井上の詩のなかでも最もみじかいものの一つだが、初出では「芽のある風景」（昭32・11、『詩人学校』）と題され、「牛は博労の手綱にひかれていった／／ぼたりばたり落していった糞の湯気をみていた／／糞は野道に居座っていた／霜の朝だったが／麦の芽がナイフのようにつきでていた」とあった。注釈的な描写が省かれたわけだが、井上の推敲法をうかがわせもする。切なさの凝縮された詩であり、余白が多様な読みを許容する。
こうした点は、次の「犬」も同様であろう。

炎天の道の辺で
うんこをしている犬

少しばかりのぞいているのだが
うんこはかたくて　なかなかでてこない

彼はうらめしそうに　蝶々をながめながら
排泄《はいせつ》と取組んでいた

井上は家の便所掃除だけは自分でしていたという。「尾籠《びろう》な別荘」（昭29・7、『骨』）でも自らの「長せつちん」に触れ、「その臭さはたしかに私のものであり、不思議に私を落ちつかせる」と書いていたように、排泄には何かしら愛着があった模様である。この詩の犬の、ペーソスとユーモアの臭みは、井上自身のそれでもあろう。なお初出（昭30・9、『POETS' SCHOOL』）では、第三連以降が「犬はうらめしそうに　私を眺めながら／排泄と取組んでいる／真剣な　その姿態。／／用を足した犬は／まぶしそうに空を見あげる／／そして　後脚で土を蹴り／うんこにかぶせている。」とあった。しかし決着まで述べず、「うらめし」さで止めるところに含蓄《がんちく》があると考えて削除したと思われる。

さいごに「蛞蝓《なめくじ》」を引く。

1

くりやの水溜のあたり
うようよはいまわるやつ
塩をふりかけると
ひしこになってとけてしまう
それでいて翌朝になると

うようようまれてくるやつ
涅槃《ねはん》には象や牛と泣いていたやつ
2

「やつ」とはあるが、なめくじへの眼差しは、「2」でも分かるように温かである。反歌に相当する「2」の「下げ」は、井上のよく用いる詩法であった。それにしても、「蛞蝓」の「2」のエスプリは効いている。ちなみに、江戸時代の画家・伊藤若冲《じゃくちゅう》の「果蔬《かそ》涅槃図」は、仏陀に相当する大根を多様な野菜がとりかこんでいるといった奇抜な墨絵だが、そうした着想すら連想させる。ともあれ、『栖』の生きものの詩からは、なべて「私は話したい」の実践編ともいいうる詩想の展開がうかがえるようである。

ところで『栖』には、あとがきに相当する栞《しおり》が付され、次のような所感が述べられている。

詩集「栖」は詩誌「骨」にのせた近作のうちから収録をした。(中略)ながい詩への道程であったが、私の鈍才では上達の見込みなんかありはしない。しかしながら詩の悪妻ぶりは、老来ますますはげしくなつている。これはかなしむべきことだろうか、よろこぶべきなのだろうか。堀口大学先生からいただいた「詩は一生の道」という書と、いつもにらめつこをしている。詩は趣味ではない。詩は私の宗教である。

六十歳を迎えた井上の人柄が彷彿《ほうふつ》とする文章といえようか。「詩は私の宗教」は若年から晩年まで井上の信念であったようだ。なお『栖』刊行の同月には、詩碑「私は話したい」序幕式が挙行されていた。詩歴四十年の詩人は、ようやく「骨」の会への参加以降、自己の鉱脈を掘り当てた感がある。

『栖』にみられる詩風は、大野新の指摘したように、シベリアでの俘虜生活がもたらした転機「庶民性の自覚」が淵源《えんげん》になり、変遷を経た結果に到達したものであった。井上は「だれでも食欲をそそられるような、おいしくて栄養のある作品をかきたいものだ」と述べた（「高価な詩集」昭29・3、『骨』）が、その詩はもはや戦前からの「洋菓子的な完成」（大野）とは異質な、手作りの郷土料理の趣をもつようになった。

なお、北園克衛は『栖』の感想として「年とともに人間の心のレンズもちがっていくものですね。多分、それが本当であるのでしょうが、変化というものは、何かしら侘《わび》しくもあるものです」

（昭37・9、『骨』）と書いていた。井上も戦前は北園のモダニズムなど詩壇の流行を追い、そこで認められることが念頭にあったと思われる。しかし抑留体験や生活苦を通して、彼はあらためて「心のレンズ」を見つめ直す必要を実感していたのではないか。それで戦後の詩壇とは距離を保ちつつ、まず借り物でない「レンズ」から、生活者である自分が立っている世界を凝視しようとしたのであろう。そうして表現者としての活路を、身のまわりの生きものや習俗に見出そうとしたのではないだろうか。

ほんとうに自分の書くべき領分は、深瀬基寛が「多喜さんの本質は『自然』という言葉の古義の現代的再生」（「近江のひと」昭34・8、『骨』）と評したような、土着の生活の詩的世界での再構築にあると、晩年の井上は自覚していたと思われる。河野仁昭がこうした詩群を「土着のモダニズム詩」（「井上多喜三郎」昭63・2、『京都の文人 近代』京都新聞社）と表現したのも、こうした趣意を含意すると考えられる。

さて、六十歳前後の井上の暮らしは、おおむね以前と変わらなかった。自宅には毎日平均二、三通の手紙、詩書、同人詩誌などが送られて来た。それで筆まめな彼は時間をみつけては返書や礼状を書いていた。農繁期の間など時間に余裕のある時は、岩絵具を用いて郷土人形の色紙絵を丹念に描いた。京都で個展も開いたことがあるほどの腕前であった。読書では井伏鱒二の随筆を愛読していたという。

父の九蔵は昭和三十五年九月に死去していた。商売については長男が手伝うようになっており、六十過ぎになると安土町の石寺地区（百数戸）に限定して行商をした。昭和三十六年十一月から安土町の教育委員にもなっていたが、経済的に余裕はなく、多忙もあってふだん詩作に集中できたのは、仕入れの行き帰りの電車（東海道線の電化は昭31年以降）の中であった。

小幡土人形（井上自筆）

ちなみに我孫子元治は、電車通勤の帰途、同じ車両に乗り合わせた井上のことを以下のように回想している。混んだ車内の遠くから「江州ナマリの大声」で、「茶色の包みを振って」声をかけた井上は「どうしてたいな。元気やったか。ぼくは相変らずやホン」と「いつの場合も何年ぶりかの出会いを思わせる人懐っこい笑顔で」話しかけてきたという。

大きいほうの風呂敷は網棚に乗らないため、通路の脇に置いてあったので、乗降客がそこを通る度に「ごめんごめん。お邪魔さんやなア」と「繰り返し繰り返しわびていた」。しかし、「やおら大包みの上で小包みを開き、その一冊を取り出すと、呼吸を整え、音声を改めて自作の詩を朗読」し始めたという。我孫子によると「そんなときはたてこんだ乗客なんぞ一向気にする気配はなかった」とのことである（「井上多喜三郎と小林英俊のこと―近江詩壇の土壌を作った二人―」昭53・10、『湖国と文化』）。

井上は老齢となってなお、詩への情熱を注いでいた。彼にとって「詩は一生の道」であった。純情一徹な田園詩人の詩への思いは、青年のとき以上であったかもしれない。そうした気概がうかがえる、死の一年半前の文章を紹介しておきたい。

私はいつも〈詩人学校〉の若い人たちにいっている。『趣味でやるなら詩はやめ給へ』と、少しきびしすぎるいい方ではあるが、真剣に取組んでこそ、詩のたのしさは湧いてくる。生きるよろこびが存在する。

私たち人間にとって、死をおもうほど、恐しいことはないのだが、このごろになって、やっと死は考えぬことにした。『日々を充実することだ』と。そのわかりきったことを、たしかめるために、こんなに年月をくってしまった。安心できたのは詩のおかげである。

（「編集後記」昭39・10、『骨』）

第8章

『曜』——多喜さん追懐

追悼号3冊

昭和四十一年三月二十日、井上多喜三郎は『詩集　詩人学校』（昭40・11、近江詩人会）出版記念会に出席した。井上ほか九名の近江詩人会々員が編集に携《たずさ》わった同書には、家族を見守る「大釜のへっつい」に対する畏敬《いけい》を叙した「釜」も掲載された。また序文には、

私たちの願いは、いわゆる有名詩人を輩出することではない。精神の美を鍛へて、選ばれた人間を作ることだ。私たちの詩は、私たちの人生をたのしく進め、日常生活にうるおいをもたらすものだと信じている。

といった井上の言葉も載った。近江詩人会の美学の表明であり、晩年の井上の信じていた詩人観もうかがえる。

同月二十一日、午後から中京区の滄浪亭《そうろうてい》へ向かい、京都労働学校であらたに実施される「詩の教室」について「骨」の会のメンバー四人と打ち合わせをした。井上は五月十一、十八日に田中冬二、木下夕爾を主とした詩作法鑑賞の授業を担当することになっていた。

誕生日にあたる二十三日には、西老蘇の老人クラブの講演会が開催された。井上は講演を懇意の藤澤耿二《こうじ》（量正《りょうしょう》）に頼んでいた。「桐の花――井上多喜さんの思い出」（前掲『青芝』）による

と、井上はその晩鳥すきを馳走《ちそう》した藤澤から自筆詩集を請われた。永源寺の藤澤宅に、直《じき》筆による折本版『栖』（「その手」「私は話したい」「種子」「栖」「平」「執」「暮しの歌」「犬」「犬」「蛞蝓」「臍の緒」）が届いたのは三月二十七日頃であった。

同年四月一日、井上多喜三郎は突然の輪禍のため亡くなった（享年64歳）。事故当日の昼前に、父が老蘇の森の桜に立てる「ボンボリの仕度」の指図をしていた（当時井上は老蘇地区商工会会長）のを見ていた長男の喜代司氏は、京都へ出かけたはずの父が事故に遭った報を聞き、現場へバイクで向かった。父の変り果てた姿に体がふるえ、涙が止まらなかったが、しいて気持ちを持ち直し「畑の中にしいたむしろに父を寝かせ、オキシフルできれいに身体をふいてやり、泥にまみれ、やぶれてしまつた服を、一張羅《いっちょうら》の着物に着せかえて、母のもとにつれて帰」った（「父」昭41・5、『青芝』）。

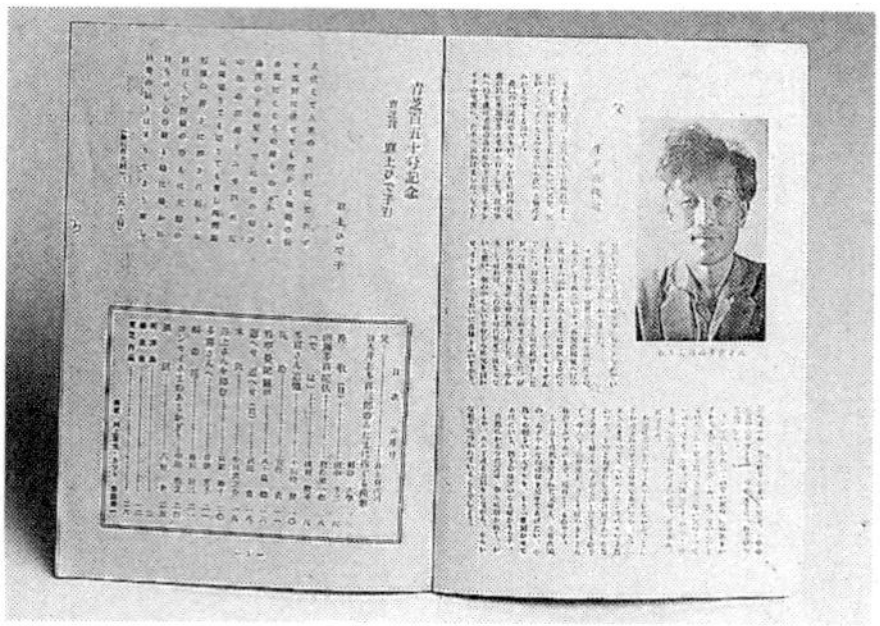

井上喜代司「父」と目次『青芝』追悼号

「ダンプにひかれ死ぬ　近江詩人会　主宰の井上さん」（昭41・4・2、『京都新聞』）によると、井上は「京都へ呉服を仕入れに行くため自転車で国鉄安土駅へ」向かっていた。「午後一時十分ごろ」のこと、町内の山裾の県道で「前を走っていた」ダンプカーが急に停車した。問屋に返す荷物を積んだ愛用の「自転車をおり待っていたところ、ダンプが前からくる車をさけようとしてバックしてきたため左後輪に」自転車ごと轢《ひ》かれ、「首、足の骨を折って即死」した。なお二十歳の運転手は無資格運転（大型免許は21歳以上）者であった。一ヶ月後も事故現場からは血が浮いたという。その後運転手と会社は、示談の途中行方をくらました。

辛夷《こぶし》の花が咲く季節であった。四月三日は自宅での葬儀、つづいて近くの浄土宗東光寺で告別式が営まれた。法名は「法誉繖南《さんなん》詩道居士」。田中冬二、岩佐東一郎が東京から急遽《きゅうきょ》駆けつけ、竹中郁、天野隆一、天野忠のほか、「骨」の会、近江詩人会の詩人たちも集まった。「私は話したい」を山前が、悼詩《とうし》を本家勇、杉本長夫、武田豊が朗読した。武田は「エイプリルフールだったと云うて戻せ／もとの詩人にして戻せ／もとの詩人にして返せ」と涙声で放吟した。

堀口大学の「詩《うた》ごころ一図に生きし君なりき布施《ふせ》を愛して心に富みて」などの追悼歌を代読した岩佐東一郎も、夕方、畑の中の墓地で詩人が土葬される前、棺の蓋がとられた遺体と、最後の挨拶をした。「彼の死面はおだやかだが、頬の傷口から鮮血が流れ出し」、岩佐は「思わず生き返れと祈つ」た（「南無多喜陀仏」昭41・5、『青芝』）。

没年五月に『詩人学校』『青芝』、翌六月には『骨』が追悼特集号を発行した。たとえば『詩人学校』の井上追悼号（昭41・5）の大野新「あとがき」には、「常に天冠を負っていた清冽な詩人井上多喜三郎さんのことを思えば、これをいかなる啓示とみればいいのであろうか。惨についで私たちはこれ以上ついやす言葉をもたぬ」とある。

多くの追悼詩も収められた。それらのなかから田中冬二「挽歌」を抄録する。

近江繖山《きぬがさ》の麓　麦畑と桑の畑と茶の木の蒲生野の塋域《えいいき》に多喜さんは眠つてゐる
多喜さん　多喜さん
その野はかつての日　君と二人で歩いたところだ
みぞそばの小さいしろい花が可愛いこんぺい糖のやうな実になりかけてゐるのを、君は見つけて私に知らせてくれた（中略）
多喜さん　多喜さん
それが未だ昨日のやうに思はれる
それなのに多喜さん　君はもう居ない（中略）
そして風呂からあがつて、その日の仕入れ品に正札をつけてゐる多喜さん

私は夕食の時など　ふとそんな風に多喜さんのことを思ひ浮かべ
箸をとるのも重く悄然とする
すると側の三才一寸の孫が
——おじいちゃん　さみしいんでせう
　多喜さんがダンプカーにひかれてね　と言ふ
そして更に
——おじいちゃん　多喜さんがそこで　おじいちゃんがここでお酒のんだのね、と言ふ
私はもう胸がいつぱいになり食卓を離れ　書斉に入つて嗚咽《おえつ》する
幼きものまでが多喜さん　多喜さん　と言ひ　私と多喜さんの親交を知つてゐるのだ
多喜さん　多喜さん
何と言ふことだ　私が君に送つて貰ふつもりでゐたのだ
私はそれを常に家人に語つてゐた
それだのに君が先立つとは　逆になつてしまつたではないか
多喜さん　多喜さん　君なくして何のたのしみがあらう
詩を書けば詩を　句を作れば句をまづ君に見て貰ふことが、私のよろこびであつた

みぞそばの花
（井上自筆）

それももう叶はぬ
もう詩も何も作り度くない
しばらくは出来ないであらう
はり合がなくなつてしまつた
私の胸の中は悲しみと憤《いきどお》りでいつぱいだ
兎《と》もすると虚脱状態に墜《おち》る
よし悲しみは仏にすがるとして　堪え難き忿恨《ふんこん》をどうしやう（昭41・5、『青芝』）

田中は井上の没後まもなく、堀口大学から「近江の友の急逝《きゅうせい》しばらくは千斤《きん》の鉛となつてわれらが心を圧しつづけるものと覚悟すべきもののようです」との手紙を貰った（前掲「繖山の麓に眠る詩人井上多喜三郎」）。同年九月にも老蘇へ墓参した田中は、翌年の一周忌に自宅で般若心経を誦した。その後も遺族に懇切な手紙を送り続けたが、昭和五十五年四月九日に、八十五歳で世を去った。「亡くなる前、その日のことだったたか、玄関にだれか来たようだと言い、『多喜さん』と呼んだそうである」（前掲『郷愁の詩人　田中冬二』）。

遺稿詩集『曜』は、昭和四十二年四月に文童社から限定五百部で刊行された。装幀は天野大虹（隆一）で、天野、山前実治が故人のため編集発行を行なった。田中冬二、岩佐東一郎も刊行責任者に名を連《つら》ね、それぞれ「あとがきとして」「巻尾に」を執筆している。初出は『骨』『詩人学校』『文学散歩』『滋賀日日新聞』（「釜」以外は『骨』再掲）。詩は十七篇、「墳」「俗」「芸」「生」「働」「活」「老」「蚤」「余」「楽」「勤」「慈《いつくしみ》」「夕」「笛」「釜」「調《しらべ》」「豚」と、題はすべて漢字ひと文字である。井上多喜三郎の略歴も付記された。

『曜』の詩は農村の人々の暮らしや小動物、また作者の日々の感慨を元にして作られている。相沢等は「銅鐸《どうたく》のひびきをきく――詩集『曜』――」（昭42・6、『RAVINE』）で同詩集から「湖面の明るい午前の反映が奥の間の天井板の木目を浮びあがらせるような技法」を見出している。そして「青年期の感覚をなお衰弱させず、簡潔で一見無造作に見える表現が、実は十分な推敲の上に、新鮮な効果をあげている」としながら、「詩歴半生記に近い年齢で、このように尻上りに強靭《きょうじん》な詩業を残せた理由を何と理解していいのか」とも述べていた。

相沢の評価したように、『曜』は『栖』以降の井上詩の到達した「名人芸」的な詩境を示している。『栖』と同趣向の詩も多いので、以下に比較的短い詩と最晩期の詩を引いておきたい。

活

一枚の菜っ葉を
私は追いかける
谷川の流れは急だ
やっとすくいあげた菜っ葉から
滴《したた》りおちるもの

慈

日光がやさしく降りそそぐので
綿の木が綿をふく
谷間のちいさな石ころ畑

大根がのびあがっている月夜
こげらはねていた榛《はん》の木に

夕

ときどき山雨《やませ》がゆきすぎる
竹樋《とい》が咳をする

捻飴《ねじりあめ》のようにでてくる水だ
ちよっぴり苔のにおいがする

水溜には豆腐が泳いでいた

調

新しい春の日光《ひかげ》に
湖《うみ》は銀鱗を耀《おどら》せているのだが
聡明な君たちは知っているだろう
台風の目がかすめた日の
はげしいその怒りを

都会へとあこがれる若い君たちよ
この湖国《くに》のすぐれた風物に
愛をかたむけたことがあるか

大中湖《だいなか》の干拓によって
発掘された聚落《じゅらく》の跡
木弓《ゆみ》をかざし木鋤《すき》で耕しながら

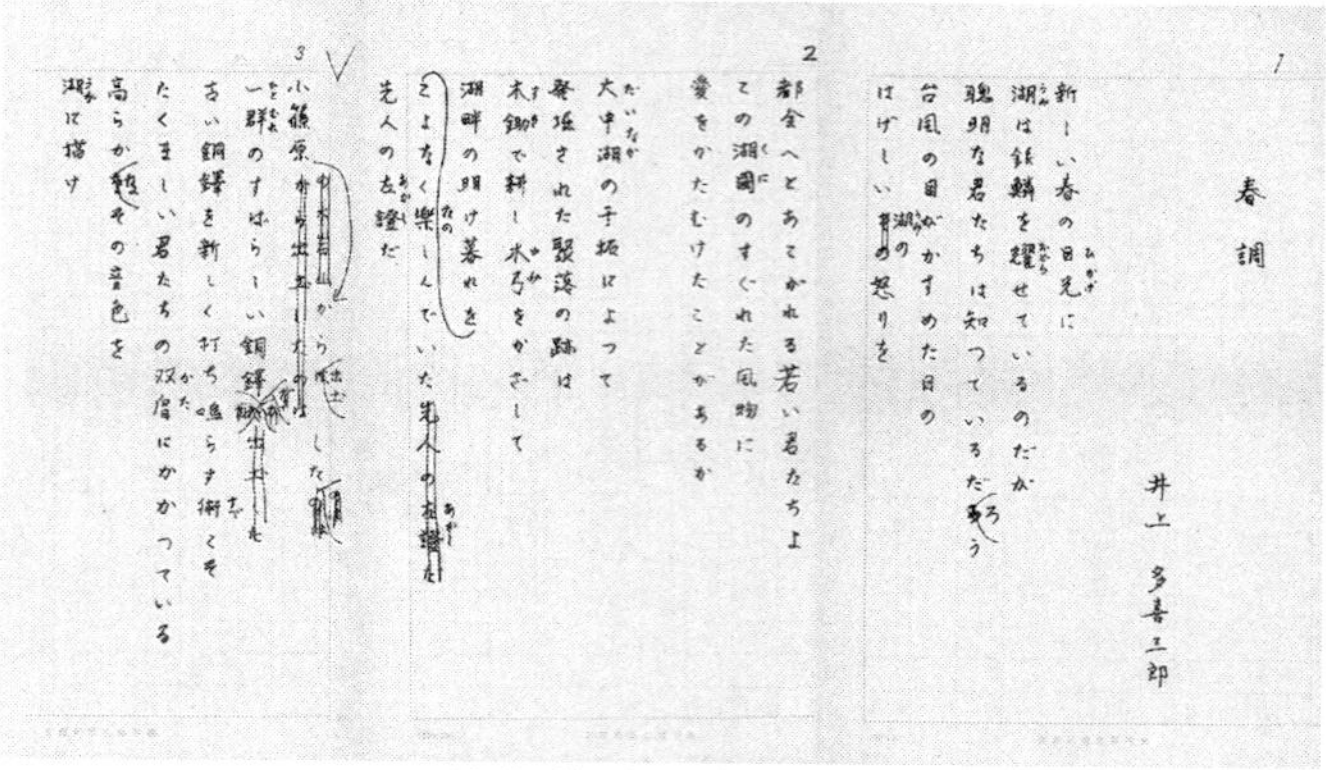

遺作「調」の自筆原稿

湖畔の明け暮れを楽んでいた先人のたしかな左証《しるし》だ
小篠原から出土した
一群《ひとむれ》のすばらしい銅鐸《どうたく》
古い銅鐸を新しく打ち鳴らす術《すべ》こそ
たくましい君たちの双肩《かた》にかかっている
美しいその音色を湖《うみ》に描け

つめたい水の中を瞬《また》く間に下る緑の流速が眼に滴《したた》る「活」には、高浜虚子「流れゆく大根の葉の早さかな」（昭3）の感興と連動する印象がある。最後の一行の象徴味も秀逸である。「慈」「夕」は淡彩で描かれた童画の世界のような筆致で、自然への讃歌が伏流している。長年創作してきた井上の短詩の到達点を示す作といえよう。

さいごの「調」は、初出（昭41・1・1、『滋賀日日新聞』）では「〝青年滋賀〟をたたえる」という表題のもとに、杉本長夫・武田豊の詩と併載されていた。前掲の短詩にみられる感情の抑制が開放され、直接「君たち」に語りかける口調になっている。

安土町にあった大中の湖は現在干拓《かんたく》地だが、昭和三十九年に干拓中の湖底から弥生中期の農耕集落跡（大中の湖南遺跡）が発見されていた。また野洲町小篠原の大岩山遺跡からは、多数の銅鐸が明治十四年、昭和三十七年に出土している。当時では国内最多（24口《こう》）であり、中には日本最大の銅鐸も含まれていた。

井上は当時のこうした出来事に興味を抱き、古代から営まれてきた無名の人々の生活や近江の文化風土の奥行きに思いをめぐらせ、次代をになってゆく若者達にメッセージを送ろうとしたのであろう。君たちの時代のあらたな生気の躍動の調べを、おのが故郷の湖に響かせよと。河野仁昭はこの詩について、「遺書のような気がしてならぬ」と述べている（「『骨』」平12・12、『戦後京都の詩人たち』「すてっぷ」発行所）。筆者も首肯《しゅこう》したい。

さて、試みに井上多喜三郎の詩業を、詩法の変遷を基に五期に分けると、おおむね次のようになる。

第一期　詩法模索の時代（大10～昭6）
第二期　『月曜』発行時代（昭7～昭16）
第三期　郷土・望郷詩時代（昭16～昭24）

第四期　抒情詩と生活詩の併行時代（昭25〜昭32）
第五期　土着詩による詩法確立時代（昭32〜昭41）

第一期で井上多喜三郎は、同時代の影響下にあって俳句・短歌・詩をほぼ平行して発表し始め、自己の鉱脈を探しながら詩作を創作の中心としてゆく。「普通民衆」に取材した『華笛』では民衆詩と象徴詩の混在が認められたが、投稿時代から俳句は自由律で、口語による破調の短歌でも絵画的な描出により生命感の把握を試みていた。『東邦詩人』を発行した頃から明るく視覚的な短詩形式がとり入れられ、自ら「印象詩派」の旗印を掲げたように、新鮮な感覚による現実知覚の飛躍を求めた。このように井上は、自然の生気との交感を印象的・感覚的にとらえようとする資質を初期から示していた。

第二期になると、明らかに当時のモダニズム詩運動に呼応した作品を、自分で編集発行した雑誌『月曜』等に載せるようになる。また多くの寄稿者にも恵まれてその名を知られてゆく。『花粉』でいったん完成されるこの時代の詩も「印象詩派」の一環に位置し、読者は現実から井上が観想して得たシンプルな詩想を、感受性で読むことを求められる。この時に読み手が共振する哀歓や諧謔《かいぎゃく》には、じめじめした暗さがなく、懐疑や煩悶《はんもん》も影を潜めている。そのトーンは比喩、空想の飛躍、「洋菓子的」な明るいイメージに満ちている。

そこには現実から清純な想の世界にいっとき読者の意識を遊離させようとする知的遊戯性が存した。ただし時代の動向に追随する傾向も色濃く、佳作はあっても真の個性を表出させた詩を生み出すまでには到らなかったと考えられる。

出征・抑留を挟む第三期では、国策迎合の詩も書いていたものの、郷土詩や『浦塩詩集』など主に望郷をモチーフにした詩を書いた。そこでは現実との対峙はみせず、詩的自我を守るために現実からむしろ遊離して、懐かしく明るい郷里の風物との空想上の交感がなされていた。高踏的な「印象詩派」から一時脱却し、出発期にもどって民衆の立場から詩を書き出す端緒にもなった時期であるが、それらの発想の基底には現実遊離性が見出せる。

第四期は、近江詩人会や「骨」の会の一員として活躍を始めた時期で、詩法的には晩年の開花期への過渡期といえる。『抒情詩集』にまとめられた「印象詩派」的な〝抒情詩〟のシンプルでナイーヴな詩風と、『コルボウ詩集』にみられたような、現実と向き合った人間臭さのある詩風がほぼ併存している。ただしそれらは、おおむね共通して機智、諧謔といった明るさによって領されている。こうしたエスプリは、井上の資性から発しているようだが、それが晩年に一見素朴な詩のフォルムを堅牢《けんろう》に支える柱になってゆく。

第五期は、郷土に土着しながら、井上詩の個性の完成を示す創作をなした収穫期とみなせよう。ウラジオストックでの極限状況の日々を体験した井上の詩的自我は、かねて故郷の風物への愛着、それらとの交感による自己の生命の確たる存在感を感取していた。そこから現在暮らしている郷土の自然や生活のなかで感受する生の充実感というべきものを、あらためて土地に生きる庶民の視点から、詩の世界に再構築しようとするに到った。「骨」の会への参加はそうした詩作への重要な転換点となっている。

『栖』『曜』にみられる井上詩は、自己の生命が日常的に交感している郷土近江の「もの」たちへの慈しみを即物的に表わそうとする詩風を示す。清澄な詩心を、自身の生活との格闘のなかから磨き上げて、土着のエスプリにより主観を対象の中へ没入させ、その精気をとらえる詩法を完成させた。

衒《てら》いのない修辞の、短い詩の数々がそれを読み手に伝える。深瀬基寛が「私は話したい」から「『凡情』を尽すところにひらけてくる表現の秘賾《ひせき》」を見出した（「私は話したい――病床から」昭38・1、『骨』）のも、そうした語法の感得からであろう。

変遷を経た井上の文学活動を棒のように貫く指標は、現実に存在している様々な精気あるものとの交感から印象的に感受した詩情を、明るさを基調とした独自の映像的世界に再生させる精神

（エスプリ）であるといえようか。そこにはモダニズムという時代の意匠が明滅しているが、一貫して童心があり、簡素さがあり、清新な機智がある。

井上詩の世界は現実生活のネガティブな面や社会のひずみ、思想や論理をけっして饒舌に語ろうとはしない。ただ質朴なまでに自己の感受性のレンズを審美的に操作して、現実から昇華《しょうか》された生命感の向光性ともいうべき詩境を年々に深化させていったまでである。そこにわれわれは本然の詩人像というものを想起してもよいのではないだろうか。

ちなみに杉本長夫は、「多喜さんの詩には何かしら息抜きのような吾々の緊張をときほぐすちからがある。それが平明な言葉でさりげなく書かれている。ここに本当の詩の声を感じないものはあるまい」（「多喜さんのこと」昭37・7、『RAVINE』）と述べていた。以下は贅言《ぜいげん》めくが、こうした詩情の力は、井上の鍾愛《しょうあい》した郷土玩具の魅力にも通じているように思われる。

そもそも井上は、『秀才文壇』投稿時代からの友人・小林朝治から郷土玩具の魅力を伝えられ、こけしやブリキ細工、張子や土人形の類を晩年まで蒐集し続けていた。つまり生涯の文学活動とだいたい並行して、郷玩熱も続いていたわけである。戦中から晩年にかけては「草津の張子」「木形子《こけし》談義」「小幡土人形の新作品」「日本の性玩具考」といった、郷土玩具をめぐる随筆もある。また井上は次のようにも書いている。

庶民の生活の中に生れ、ながい歴史の起伏の中で、ひそやかに生きのびてきた郷土玩具は、信仰、風俗、習慣、産業、日々の暮しを練り合して、メルヘンの美にまで象徴化した、すばらしい傑作である。武井武雄先生の不朽の宝典「日本郷土玩具」によって活眼された私は、日本人を育て、民族精神をつちかってきたものは、郷土玩具であると信じている。

（「郷土玩具の命脈」昭39・9、『竹とんぼ』）

右のようにすぐれた郷玩の「メルヘンの美」を賞揚する井上は、詩においてもこうした美の表出を求めていたのかもしれない。なお武井武雄は日本の郷土玩具について「幼稚なる写実を離れ、天才的想化を以て」、「独自の価値」を有する形態をもつとし、「深い郷臭を糧と」する卓越した「童心芸術」だと高く評価していた（「序」昭5・1、『日本郷土玩具　東の部』地平社書房）。

『骨』同人の荒木利夫も「多喜さんが郷土人形類のことをよく知っていることは、彼がみみずや、なめくじ」といった生きものを「詩にうたうこととは別のものでなく、彼の次元が、土であること」（「多喜多感」昭34・8、『骨』）という考えに想到している。このような観方にならえば、晩期の井上詩の「郷臭」には、郷土玩具という「もの」の精気を言葉の次元に移行させた趣がある。その味わいには、純朴、簡素、童心、庶民性といった郷玩の詩情、すなわち「メルヘンの美」があると筆者は考えたい。

こうした郷土玩具的詩情は、「私はいつも山村さんの詩をかじつては生きている」(「たべられる詩」昭29・3、『骨』)と井上も書いた、晩年の山村暮鳥の詩風にも通じているように思われる。井上の詩業の変転は山村のそれを連想させもするが、簡素かつ洗練された純一の詩情にはやはり田中冬二、それから木下夕爾とも通い合うものがあるようである。

井上の絶筆は、ラジオ放送原稿「こどもの詩について」(前掲『骨』)であった。そして同稿には、『井上多喜三郎詩抄』(昭4)や『栖』と同じように、「私の信条」として「詩は私の宗教である」と書かれてある。さらに井上は「きびしい詩精神を、生活にとけこませてこそ意義ある人生がある」「生活からうみだした詩こそ、本物だ」と述べている。また「『詩をかいている』という誇り」を、心の支えに生きてきたとも書いていた。

井上が、生活の中で感覚する純粋な詩想を、日常的な言葉に置き換え永遠化しようとしていたことを、こうした記述は示す。詩作により「精神の美を鍛」え、人間性を高めることを会の「願い」とする『詩集　詩人学校』の詩人観は、「詩は私の宗教」という信条の発露なのでもあった。

それにしても、何か信ずるべきものを見つけ、それを誇りと一生涯をかけて執着し、自己充実をはかる生きかたができたことは、詩人・井上多喜三郎の幸福であった。たとえ「詩は一生の道」と心に決めても、独自の詩の世界に到達することは、なまなかなことではできない。まして生活のために稼業に追われ、自由な時間を奪われながらの道である。しかし詩作に生の燃焼を求め通した井上は、「私は話したい」のような、郷土の暮らしや自然との感応の世界を描く詩境に辿りついた。かりに詩才を認められず世を去ったとしても、純情一徹な人柄とともに詩人の生きかたという遺産を、多くの人々の記憶に残せた人である。

井上多喜三郎という詩人は、慌ただしい近代合理主義に毒されて人間が魂まで機械化されてゆくかにみえる昨今、ほんらいの心の温かさを失いがちな現代人に、心の糧になりうる美味な詩を饗《きょう》してくれる。詩人学校の校長先生は「日々を充実すること」が安心の基《もとい》だと励ましてもくれた。老蘇の詩碑に刻まれた「私のおもいをかよわせたい」は、万象への慈愛をうたったこの詩人の本質を象徴する言葉であるように思われてならない。

井上多喜三郎略年譜

＊……関連事項

明治三十五年（一九〇二）　当歳

三月二十三日、蒲生郡老蘇《おいそ》村（現・安土町）大字西老蘇八六二番地に長男として生まれる。生家は呉服商の老多《おいた》呉服店（初代・多兵衛）。祖父は二代・瀧治郎（嘉永六年七月二十八日生まれ）。祖母・いく（嘉永六年四月五日生まれ。戸籍名・とみ）。父の井上九蔵《くぞう》（明治七年十一月七日生まれ）は三代目。母は寿《す》が（明治十三年十一月六日生まれ）。

明治四十一年（一九〇八）　六歳

四月、老蘇村立尋常高等小学校入学。絵画と文学に関心を示す。

明治四十三年（一九一〇）　八歳

三月三十日、妹・寿満《すま》誕生。のち滋賀県女子師範学校を卒業し教師となる。

大正三年（一九一四）　一二歳

この年、高等科の授業中にはじめて詩「ああペルジュウム」を書いた。

大正五年（一九一六）　一四歳

三月、老蘇村立尋常高等小学校高等科卒業。以後は家業に従事。同人誌『きぬがさ』に詩「ベルギーの旗」掲載。

大正九年（一九二〇）　一八歳

五月十三日、祖父・瀧治郎死去。この頃、洋画家を志し東京へ出奔。父に連れ戻される。同じ頃、京都山科の一燈園で修行生活もした。

大正十年（一九二一）　一九歳

五月、日本美術学院修了。この頃、井上康文編集『新詩人』に参加。

大正十一年（一九二二）　二〇歳

五月、『秀才文壇』誌に自由律俳句を「井上抱湖」の名で投句（荻原井泉水選）。この前後に短文類も投稿（『自由文壇』誌にも投稿）。九月、早稲田大学の文学講義（通信制）を修了。十一月、名古屋の詩誌『青騎士《せい》』に詩「朝」（署名「井上多喜」）。

大正十二年（一九二三）　二一歳

一月、陸軍第十六師団歩兵第九連隊第二中隊（大津）に一年間入営。二月、書きためた詩稿をもとに詩集『華笛』（日野　安田新吉）刊。

大正十三年（一九二四）　二二歳

二（12か）月頃、前年連隊通信に掲載した詩をもとに詩集『花束』（西老蘇　聖火詩社）刊。

大正十四年（一九二五）　二三歳

七月、個人詩誌『東邦詩人』を編集発行（～9月　全三冊）。＊九月、堀口大学訳『月下の一群』（第一書房）刊。

大正十五　昭和元年（一九二六）　二四歳

四～五月、口語短歌を西村陽吉主宰『芸術と自由』に発表。五月、詩集『女竹吹く風』（聖火詩社）刊。九月頃、個人詩歌誌『井上多喜三郎パンフレット』を編集発行（～11月　全三冊）。この頃、天野隆一（大虹）を知る。

昭和二年（一九二七）　二五歳

二月、内藤鋠策《しんさく》主宰『抒情詩』に「印象詩派詩篇」。七月、抒情詩社編『一九二七年詩集』（抒情詩社）に詩「印象詩派詩篇」収録。十月頃、個人詩誌『詩人』編集発行（～昭4・9頃　全三冊か）。この頃、岩佐東一郎を知る。

昭和三年（一九二八）　二六歳

一月、日本詩人協会創設、会員になる。六月、詩人協会編『詩人年鑑　一九二八年版』（アルス）に詩「炬燵の足」収録。八月、第二期『詩歌』同人となり短歌発表（～昭4・2）。

昭和四年（一九二九）　二七歳

一月、詩集『井上多喜三郎詩抄』（聖火詩社）刊。五月、樋口百日紅・田村松之丞と『歌集　三人』（聖火詩社）刊。この頃、彦根の高祖保と詩友になる。

昭和五年（一九三〇）　二八歳

六月、俵修二編『詩華集　詩経4』（京都詩話会）に詩「秋の手紙」収録。この頃から土人形やこけし等の郷土玩具を収集。＊三月、武井武雄『日本郷土玩具』（地平社書房）刊。

昭和六年（一九三一）　二九歳

四月、詩人協会編『一九三一年詩集』（アトリヱ社）に詩「ひややつこ」他収録。岩佐東一郎を介し、堀口大学に師事したのはこの前後と思われる。

昭和七年（一九三二）　三〇歳

四月、滋賀の同人詩誌『芦笛』（〜昭9・6）に詩「テニス」。六月、個人詩誌『月曜』（第一次）を編集発行（〜昭9・2、月曜発行所　全九冊）。この頃、田中冬二と文通を始める。

昭和八年（一九三三）　三一歳

二月、VOUクラブ入会、詩誌『マダム・ブランシュ』に詩を発表。六月、抒情詩社編『日本詩

『月曜』創刊頃の肖像

集』（巧人社）に詩「噴水」他、五篇収録。この年、桂巻ちか（明治四十三年三月三十日、愛知郡豊国村大字豊満生まれ）と結婚（戸籍上は十年十一月）。日常的に妻を「千代」と呼ぶ。十一月、第三次『椎の木』に「『希臘十字』の高祖君」。

昭和九年（一九三四）　三二歳

四月、『椎の木』に詩を発表（〜7月）。十一月、詩集『井上多喜三郎詩抄』（私家版）刊。

昭和十年（一九三五）　三三歳

六月、詩誌『苑』同人となり詩を発表（〜昭11・1）。

昭和十一年（一九三六）　三四歳

五月、個人詩誌『春聯』を編集発行（〜昭12・11、月曜発行所　全六冊）。同月、近江文芸協会が設立され評議委員となる。

昭和十二年（一九三七）　三五歳

三月、句誌『風流陣』に同人参加、俳句や随筆を発表（〜昭15・9）。七月三十日、長男・喜代司《きよし》誕生。十一月、個人詩誌『月曜』（第二次）を編集発行（〜昭15・7、月曜発行所　全十冊）。

昭和十三年（一九三八）　三六歳

二月、文芸誌『文芸汎論』に詩を発表（〜昭18・7）。六月、『文芸汎論』に「ここは近江の老蘇村」。

昭和十四年（一九三九）　三七歳

十二月、第二次『月曜』に詩「若い雲」。

昭和十五年（一九四〇）　三八歳

一月三日、双子の次男・正三、長女・正子誕生。九日正三、三月三日正子死去。七月、詩集『若い雲』、句集『花のTORSO』（月曜発行所）刊。同月、第二次『月曜』に詩「潔い花粉」（のち「花粉」）。十二月二十七日、祖母・いく死去。

昭和十六年（一九四一）　三九歳

夏、天野隆一（大虹）が井上家の襖絵二十枚を描く。七月、高祖保の詩集『禽のゐる五分間写生』を月曜発行所から刊行。九月、『新領土』に詩「遠い月」。十一月、詩集『花粉』（青園荘私家版　三十部）刊。

昭和十七年（一九四二）　四〇歳

六月、諏訪の田中冬二を訪ねる。九月、『文芸汎論』に「『雪』の詩人」。

昭和十八年（一九四三）　四一歳

二月二十二日、次（三）男・寛《ひろし》誕生。十月、日本文学報国会編『辻詩集』（八紘社杉山書店）に詩

「稚い献金の歌」収録。十一月、滋賀県芸術文化報国会詩部編の詩誌『翼賛詩』に詩「雨の歌」。十一月、『滋賀新聞』に戦争詩を発表（〜昭19・12）。

昭和十九年（一九四四）　四二歳

九月、『日本詩』に詩「出征の朝」。

昭和二十年（一九四五）　四三歳

四月十四日、召集（敦賀、歩兵第十九連隊通信中隊）され朝鮮北部に出征し、羅津《らしん》陸軍輸送統制部に配属。敗戦時は伍長。敗戦後同地と旧ソビエト連邦ウラジオストック（12月30日〜）の収容所に抑留され強制労働。＊一月八日、高祖保ビルマで戦病死。

昭和二十一年（一九四六）　四四歳

五月二十六日、ウラジオストック収容所を出て年末まで古茂山、平壌などの収容所を転々とする。

七月一日、母・寿が、中風で死去。

昭和二十二年（一九四七）　四五歳

一月六日、佐世保港に帰国。十五日帰郷。四月、文芸誌『柵』に帰還第一作の詩劇「唄ふ馬鈴薯」。五月、『風船句会報』（のち『風船』）に随筆発表（〜昭24・1）。七月、滋賀の同人詩誌『朱扇《しゅせん》』に詩「ぼくの消息」。

昭和二十三年（一九四八）　四六歳

三月、詩集『浦塩詩集』（月曜発行所）刊。この頃、詩書やこけしを多数売却。八月十九日、長（次）女・美代子誕生。この頃、東京の伯父の後妻・中村とめ（戦時中も疎開）が井上家に同居。

昭和二十四年（一九四九）　四七歳

四月、『風船』に高祖保への追悼文「天童訣別記」、十一月、『風船』に「長浜の詩鬼」。

昭和二十五年（一九五〇）　四八歳

二月、京都のコルボウ詩話会に入会、以後『コルボウ』に詩を発表（～昭27・6）。三月二十三日、妹の寿満、肋膜炎で死去。八月、田中克己、小林英俊、武田豊他の滋賀在住詩人と近江詩人会を結成、運営の中心的存在となり会誌『POETS' SCHOOL（詩人学校）』に詩を発表（～昭40・8）。以後毎月第三日曜日の詩話会には二度欠席しただけで、ほぼ皆出席であった。十月末、田中冬二・岩佐東一郎来泊。両名はその後もしばしば来訪した。

昭和二十六年（一九五一）　四九歳

一月、滋賀文学会創設に参加、文学祭の選者となる（昭38年退会）。九月、コルボウ詩話会編『コルボウ詩集』（同会）に詩「父の土産」他三篇収録。十月、三好達治編『日本現代詩大系第九巻』（河出書房）に『浦塩詩集』の四篇収録。十二月、日本詩人クラブ入会（昭34年退会）。

昭和二十七年（一九五二）　五〇歳
六月、『コルボウ』に詩「或る死」。

昭和二十八年（一九五三）　五一歳
八月、『詩人通信』に「『詩人学校』創立記」。同月、八幡城太郎主宰『青芝』を支援する「青芝友の会」に参加。十一月、コルボウ詩話会を脱会、京都の詩人たちと「骨」の会結成。会誌『骨』に詩、随筆類を発表（〜昭41・11）。同月、『詩学』に「美しい行進曲—滋賀県詩人—」。十二月、『骨』に詩「魚の町」。

昭和二十九年（一九五四）　五二歳
二月、『骨』に「繖南《さんなん》雑記」を五回連載（〜昭32・8）。四月、日本郷土玩具の会入会。十一月、『青芝』に「高祖保君の手紙」。同月、神奈川県鶴巻温泉での田中冬二還暦祝賀会に出席。

昭和三十年（一九五五）　五三歳

田中冬二還暦祝賀会（前列中央・田中。その左・堀口大学。2列目左から2人目・岩佐東一郎。右から3人目・井上。）

九月、『詩人学校』に詩「犬」。

昭和三十一年（一九五六）　五四歳

六月、『骨』に詩「その手」。

昭和三十二年（一九五七）　五五歳

二月、詩集『浦塩詩集』（風流豆本の会）刊。八月、近江詩人会編『滋賀詩集』（同会）に詩「秋風の歌」他七篇収録。九月、詩集『抒情詩集』（文童社）刊。十月、『詩人学校』に詩「彼岸」「暮しの歌」。

昭和三十三年（一九五八）　五六歳

五月、『詩人学校』に詩「蛞蝓《なめくじ》」「蚯蚓《みみず》」。七〜八月、京都河原町「すいれん」で個展（郷土玩具絵《おもちやゑ》展）。十月、京都市立松原中学校での「詩を語る会」で「浦塩詩集」を資料に講話。十一月、『餐』に詩「私は話したい」他三篇。

昭和三十四年（一九五九）　五七歳

一月、ラジオドラマ（狂言）「鳥羽絵草紙、屁合戦の巻」をNHK第2ラジオ放送で発表。脚色は依田義賢と共作。九月、『朝日新聞（滋賀版）』に郷土連作詩「秋のうた」十篇。＊五月十三日、小林英俊死去。

昭和三十五年（一九六〇）　五八歳

三月、同居していた中村とめ死去。五月、『詩人学校』別冊に「小林のこと」。七月、『骨』に「永源寺紀行」。九月二十九日、父・九蔵死去。

昭和三十六年（一九六一）　五九歳

春、県立愛知高校校歌作詞。三月、『骨』に詩「山羊の歌」。四月、アジア・アフリカ作家会議の京都集会に世話人の一人として参加、自作詩を朗読。十一月、安土町教育委員となる。

昭和三十七年（一九六二）　六〇歳

一月、『文学散歩』に詩「栖」他三篇。五月、詩集『栖』（「骨」編集室）刊。同月二十日、近江詩人会の発起により建立された詩碑「私は話したい」除幕式。堀口大学、岩佐東一郎、田中冬二のほか、京都滋賀の詩人約八十名が参集した。七月、日本郷土玩具の会会誌『竹とんぼ』に「小幡土人形の新作品」。

昭和三十八年（一九六三）　六一歳

二月、日本現代詩人会会員となる。春、町立竜王中学校校歌作詞。この頃から信楽の茶壷を収集し始める。十月、『青芝』に「愛壷記」。十一月、天野忠編『花の詩集』（第一芸文社）に詩「停車場にて」収録。十二月、『骨』に詩「俗」「芸」。

昭和三十九年（一九六四）　六二歳

一月、『詩人学校』に詩「生」。六月、東京から神戸へ講演会に来た日本現代詩人会の詩人たちと京都で交歓。十一月、第一回滋賀詩人祭に参加。

昭和四十年（一九六五）　六三歳

三月、銀座のサッポロビヤホールでの岩佐東一郎還暦祝賀会に出席。五月、『詩人学校』に詩「勤」他二篇。七月、『骨』に詩「墳」他七篇。十一月、近江詩人会編『詩集　詩人学校』（同会）に詩「釜」収録。

昭和四十一年（一九六六）　六四歳

三月、『詩集　詩人学校』出版記念会に出席。四月一日、安土町内で輪禍に遭い逝去。三日、葬儀と告別式。同月二十九日、八幡城太郎が東京町田の青柳寺で追悼法要。五月『詩人学校』『青芝』、六月『骨』誌が追悼特集号を発行。

昭和四十二年（一九六七）　没後一年

四月、詩集『曜』（文童社）刊。同月、京都の真如堂で友人たちによる一周忌法要。

昭和四十六年（一九七一）　没後五年

一月、小野十三郎監修『ふるさとの詩４』（三笠書房）に詩「調」他二篇収録。

昭和五十五年（一九八〇）　没後一四年
＊四月九日、田中冬二死去。
平成二年（一九九〇）　没後二四年
七月、藤野一雄ほか編『近江詩人会40年』（近江詩人会）に詩「私は話したい」他四篇収録。
平成七年（一九九五）　没後二九年
四月七日、妻・ちか死去。同月、河野仁昭編『ふるさと文学館第二九巻』（ぎょうせい）に詩「調」「墳」収録。九月、河野編『ふるさと文学館第三一巻』（同前）に詩「魚の町」収録。
平成九年（一九九七）　没後三一年
四月、詩集『浦塩詩集／栖』（未来工房）刊。
平成十二年（二〇〇〇）　没後三四年
十二月、藤野一雄ほか編『近江詩人会50年』（近江詩人会）に詩「調」他二篇収録。

未来工房版
『浦塩詩集／栖』

○追記　この略年譜は、井上喜代司氏の編による『詩人学校』『骨』追悼号、詩集『曜』の年譜を参照し、井上氏の調査協力を得て作成した。

主要参考文献（本文中に引用したものを含め、井上多喜三郎に言及した文献に限った）

・高祖保「青い花を翳す……」『椎の木』二年九冊、昭和八・九
・鳥羽馨「『詩作法』と『井上多喜三郎詩抄』」『L'ESPRIT NOUVEAU』三冊、昭和十・一
・六条篤「余白」第二次『月曜』九号、昭和十四・十二
・山田有勝「井上多喜三郎著『若い雲』」『カルト・ブランシュ』一八号、昭和十五・九
・岩佐東一郎「春愁」『アカシヤ』一六輯、昭和二十二・四
・岩佐東一郎「茶烟旅日記」『風船』一五号、昭和二十三・五
・岩佐東一郎「浦塩詩集」『風船』一六号、昭和二十三・六
・岩佐東一郎「旅のアルバム」『春燈』六巻一号、昭和二十六・一
・山前実治「われらの仲間　〈骨〉の会合日記より」『詩学』九巻三号、昭和二十九・三
・小林英俊「詩人学校」『詩学』一〇巻一三号、昭和三十・十一
・大野新「井上多喜三郎論」（Ⅰ）（Ⅱ）『詩人学校』七八〜七九号、昭和三十二・一〜二
・猪野健治「井上多喜三郎論　浦塩詩集を中心に」『詩人学校』七八号、昭和三十二・一
・依田義賢「メモ」『骨』一四号、昭和三十三・八
・深瀬基寛「かなめの籬」『骨』一四号、昭和三十三・八
・特集「多喜さんのProfile」『骨』一六号、昭和三十四・八（依田義賢、佐々木邦彦、荒木利夫、深瀬基寛、佐野猛夫、山前実治、富岡益五郎、天野美津子）
・天野隆一「優しい詩鬼」『RAVINE』四号、昭和三十七・四
・無署名「師の恩に報い母校に詩碑」『読売新聞（滋賀版）』昭和三十七・五・五

・無署名「〃町の詩人〃の還暦を祝い　感謝の〃碑〃建てる」『京都新聞（滋賀版）』昭和三十七・五・十七
・無署名「20日、感激の詩碑除幕式」『滋賀日日新聞』昭和三十七・五・十七
・無署名「あす盛大に除幕式」『サンケイ新聞（滋賀版）』昭和三十七・五・十九
・無署名「詩　私は話したい」『毎日新聞（滋賀版）』昭和三十七・五・二十
・無署名「きょう〃詩碑〃除幕」『中部日本新聞（滋賀版）』昭和三十七・五・二十
・田中克己「老蘇の詩碑」『滋賀日日新聞』昭和三十七・五・二十七
・杉本長夫「多喜さんのこと」『RAVINE』五号、昭和三十七・七
・特集「詩集『栖』」『詩人学校』一四四号別冊、昭和三十七・七
（武田豊、外村文象、石内秀典、東野君子、上田朝子、中村美智子、たかはしてるお）
・西村康男「厳しい詩人の目〈栖〉を読んで」『詩人学校』一四五号、昭和三十七・八
・特集「井上多喜三郎詩集　栖」『骨』二〇号、昭和三十七・九
（堀口大学、田中冬二、岡崎清一郎、緒方昇、大江満雄、中村漁波林、古谷綱武、津軽照子、能村潔、安藤一郎、小野十三郎、田中克己、木下常太郎、三浦逸雄、野田宇太郎、寿岳文章、ハルヤマ・ユキオ、壷井繁治、奈良本辰也、北園克衛、北川桃雄、小杉放庵、八十島稔、木下夕爾、平光善久、中村千尾、福田泰彦、相馬大、長田恒雄、小林儀三郎、嵯峨信之、笹沢美明、安西均、小寺正三、正富汪洋、鳥巣郁美、十和田操、小高根二郎、岩佐東一郎、川口敏男）
・深瀬基寛「『私は話したい』―病床から」『骨』二一号、昭和三十八・一
・「井上多喜三郎詩集『栖』山前実治詩集『岩』出版記念会」『詩人通信』一一〜一二号、昭和三十八・六、十一
（依田義賢、小野十三郎、小高根二郎、荒木二三、相馬大、児玉実用、大森伊太郎、天野忠、大野新）
・天野忠「我が感傷的アンソロジー（13）たきさん牧歌」『詩人通信』一三号、昭和三十九・一

・無署名「消すな文化のともしび　16年迎えた安土の『詩人学校』」『滋賀日日新聞』昭和四十・十一・十五
・無署名「詩人の井上さん輪禍　ダンプにひかれ死ぬ」『滋賀日日新聞』昭和四十一・四・二
・無署名「後退の車にひかれ死ぬ　安土町教委の井上さん」『朝日新聞（滋賀版）』昭和四十一・四・二
・無署名「井上多喜三郎氏」『毎日新聞（滋賀版）』昭和四十一・四・二
・無署名「ダンプにひかれ死ぬ　近江詩人会　主宰の井上さん」『京都新聞』、昭和四十一・四・二
・無署名「詩人はねられ即死」『サンケイ新聞（滋賀版）』昭和四十一・四・二
・河野仁昭「地方詩人と詩の地方性―井上多喜三郎論ノート―」『抒情の系譜―現代詩史への試み―』文童社、昭和四十一・五
・『詩人学校―故井上多喜三郎氏追悼特集―』一九〇号、昭和四十一・五
（堀口大学、田中冬二、岩佐東一郎、石原吉郎、武田豊、杉本長夫、藤野一雄、井上源一郎、中川逸司、北川清次郎、たかはしてるお、谷川文子、中村光樹、田井中弘、鈴木寅蔵、久保和友、井上弥寿夫、中江恵美子、西谷久美、関谷喜与嗣、北川縫子、伊藤茂次、渡辺美智子、外村文象、榊原トキ、大野新、田中克己、井上喜代司）
・『青芝　井上多喜三郎追悼』一五一号、昭和四十一・五
（井上喜代司、岩佐東一郎、竹下彦一、田中冬二、津軽照子、十和田操、安住敦、八十島稔、武田豊、小林清之介、宮部徳子、井伊文子、藤沢耿二、中川浩文、大野新、堀口大学、城）
・田中冬二「繖山の麓に眠る詩人井上多喜三郎」『詩学』二一巻五号、昭和四十一・五
・『骨　井上多喜三郎追悼集』号数なし、昭和四十一・六
（堀口大学、安藤一郎、北川桃雄、竹中郁、坂本遼、上林猷夫、小野十三郎、山村順、天野隆一、長田恒雄、木村三千子、井本木綿子、深瀬基寛、八尋不二、依田義賢、大鋸時生、富岡益五郎、佐々木邦彦、

佐野猛夫、木原孝一、田中克己、西山英雄、田中冬二、石原吉郎、児玉実用、大江満雄、荒木二三、河野仁昭、大野新、武田豊、本家勇、安藤真澄、荒木利夫、天野忠、杉本長夫、山前実治、井上喜代司）

・岩倉憲吉「井上多喜三郎さんのこと」『春燈』二一巻七号、昭和四十一・七

・岩佐東一郎「初対面」『RAVINE』一五号、昭和四十一・九

・相沢等「赤いチャンチャコ」『RAVINE』一五号、昭和四十一・九

・N「〝郷土詩人〟に生きた故井上氏」『京都新聞』昭和四十二・四・十一

・田中冬二「あとがきとして」『曜』文童社、昭和四十二・四

・岩佐東一郎「巻尾に」『曜』文童社、昭和四十二・四

・相沢等「銅鐸のひびきをきく—詩集『曜』—」『RAVINE』一八号、昭和四十二・六

・大野新「石原吉郎論『ある〈共生〉の経験から』をめぐって」『現代詩手帖』一五巻一一号、昭和四十七・九

・天野隆一編『京都詩人年表』RAVINE社、昭和四十八・十

・田中冬二「茶煙亭を偲びて」『青芝』二四九号、昭和四十九・七

・山前実治「骨50号始末概略録」『骨』五〇号、昭和五十一・二

・我孫子元治「井上多喜三郎と小林英俊のこと—近江詩壇の土壌を作った二人—」『湖国と文化』二巻三号、昭和五十三・十

・陵木静「湖国の詩脈—戦前の近代詩〈1〉～〈6〉」『湖国と文化』五巻二～六巻三号、昭和五十六・七～昭和五十七・十

・鈴木寅蔵「湖国の詩脈・戦後編」〈1〉～〈6〉『湖国と文化』七巻四～九巻一号、昭和五十九・一～昭和六十・四

・山本洋「いのうえたきさぶろう」『滋賀県百科事典』大和書房、昭和五十九・七

・藤野一雄「湖国の詩脈・戦後編〈9〉—詩人は風呂敷を担いで　井上多喜三郎さんを巡り—」『湖国と文化』九巻四号、昭和六十一・一
・久保和友「井上多喜三郎のこと」『湖国と文化』九巻四号、昭和六十一・一
・大野新「井上多喜三郎」『日本現代詩辞典』桜楓社、昭和六十一・二
・河野仁昭「井上多喜三郎」『京都の文人　近代』京都新聞社、昭和六十三・二
・天野忠「エイプリル・フール」『木洩れ日拾い』編集工房ノア、昭和六十三・七
・藤野一雄ほか編『近江詩人会40年』同会、平成二・七
・和田利夫『郷愁の詩人　田中冬二』筑摩書房、平成三・十一
・中川逸司ほか『先生のいない学校—「近江詩人会」の思い出』近江詩人会、平成七・五
・藤澤量正「私は話したい」『人生の詩』本願寺出版社、平成九・十
・藤野一雄ほか編『近江詩人会50年』同会、平成十二・十二
・河野仁昭『戦後京都の詩人たち』「すてっぷ」発行所、平成十二・十二
・河野仁昭「井上多喜三郎の江州弁」『関西　詩と風土抄』私家版、平成十三・五
・外村彰「井上多喜三郎著述年表稿」『大坂産業大学論集　人文科学編』一〇七号、平成十四・六
・外村彰「井上多喜三郎書目稿」『滋賀大国文』四〇号、平成十四・九
・外村彰「『月曜』『春聯』ほか細目稿—井上多喜三郎発行誌総覧」『大坂産業大学論集　人文科学編』一〇八号、平成十四・十
・外村彰「井上多喜三郎参考文献目録稿」『京都学園中学高校論集』三三号、平成十四・十一

人名索引（署名を含む。50音順とし、井上多喜三郎〔T〕は除いた。）

―― お ――

―― か ――

―― き ――

―― く ――

―― こ ――

―― さ ――

――に――

――ぬ――

――の――

――は――

――ひ――

――ふ――

――ほ――

――ぽ――

――ま――

――み――

あとがき

今年（二〇〇二）は詩人・井上多喜三郎の生誕百年にあたる。たとえ滋賀県に居住していても、この生粋《きっすい》の湖国詩人の名を知らない読者は多いのではないだろうか。

しかし、近江詩人会の礎《いしずえ》を築いた功績や、晩年その詩業の開花をなした文学の世界、そして田中冬二をはじめ数多い詩人たちに敬愛され、あたたかな思い出を人々に遺して去ったすぐれた詩人を、江湖《こうこ》の記憶からこのまま忘れ去らせるのは惜しい。できればこの記念の年に、あらためて顕彰したいと考えるに至った。

私事になり恐縮だが、文学事典の仕事で井上多喜三郎の調査の必要があったため、昨年の八月に安土町立図書館を訪ねたのが今回の執筆の端緒となった。しかし新設館とのことで井上の書籍はなく、その足で老蘇小学校へ向かい、文学碑「私は話したい」と対面した。そこで近所の方から生家の近いことを教えられ、ご長男の井上喜代司氏にお会いした。資料の貸与、調査のご協力など、格別の便宜をはかって下さった井上氏には、あらためて衷心からの謝意を申し述べたい。

それまでほとんど知識もなかったこの詩人について、当初は生誕百年を記念する詩文集の編集を担当するつもりが、倉卒《そうそつ》に評伝を書き下ろすことになった。井上多喜三郎の文学について語る任が自分にあるとはとても思わないが、将来、井上詩の世界を深く切りこんで論じようとされる方への橋渡しをと考えて、ここまで稿を進めてきた。

井上多喜三郎の人と文学について一般にも読みやすい内容を、との出版社からの意向に沿えたかにも忸怩《じくじ》たるものがある。井上多喜三郎について、いささかでも興味をもち、その世界に好感を抱いて下さる読者がおられることを祈念する。

末筆ながら序文をたまわった大野新氏、執筆のご相談に乗って下さった立命館アジア太平洋大学の木村一信《かずあき》先生、県立彦根工業高校の山口正明先生、また貴重な資料やお話を戴いた河野仁昭《ひとあき》氏、鈴木房氏、田井中弘《ひろむ》氏、藤澤量正《りょうしょう》氏、藤野一雄氏、六条比呂美氏ほか多くの方々と諸機関にもあらためて深謝申し上げる。出版にあたってはサンライズ出版の岩根順子氏、岸田幸治氏からも甚大なお世話をたまわった。心からの敬意を表したい。

なお、安土町と同町有志により『井上多喜三郎全集』（仮称）刊行の準備が進められていることを付記しておく。

二〇〇二年十一月二十八日

外村彰

■著者紹介

外村　彰　（とのむら　あきら）

1964年生まれ。大津市在住。立命館大学大学院博士後期課程単位取得ののち、現在大阪産業大学・立命館大学講師。編著に『外村繁書誌稿』（平10・7、五個荘町教育委員会）、論文に「犀星『生涯の垣根』にみる『庭』像」（平12・9、『室生犀星研究』）、「岡本かの子『河明り』―我執から包容へ―」（平成14・7、『立命館文学』）など。

近江《おうみ》の詩人《しじん》　井上《いのうえ》多喜三郎《たきさぶろう》　別冊淡海《おうみ》文庫10

2002年12月9日　初版1刷発行
2003年2月1日　初版2刷発行

企　画／淡海文化を育てる会
著　者／外　村　　彰
発行者／岩　根　順　子
発行所／サンライズ出版
滋賀県彦根市鳥居本町655-1
☎0749-22-0627　〒522-0004
印　刷／サンライズ印刷株式会社

ISBN4-88325-135-7

別冊淡海《おうみ》文庫

柳田国男と近江
— 滋賀県民俗調査研究のあゆみ —

橋本　鉄男著

柳田国男の「蝸牛考」を読んだことが、著者を民俗学に引きつけた。柳田との書簡を交え、滋賀県民俗調査研究のあゆみをたどる。

B6・並製　定価1,530円(本体1,457円)

淡海万華鏡

滋賀文学会著

湖国の風景、歴史などを湖国人の人情で綴るエッセイ集。滋賀文学祭随筆部門での秀作50点を掲載。

B6・並製　定価1,632円(本体1,554円)

近江の中山道物語

馬場　秋星著

東海道と並ぶ江戸の五街道の一つ中山道。関ヶ原から草津まで、栄枯盛衰の歴史を映す街道筋を巡る。

B6・並製　定価1,632円(本体1,554円)

戦国の近江と水戸

久保田　暁一著

浅井長政の異母兄安休と、安休の娘に焦点をあて、近江と水戸につながる歴史を掘り起こした一冊。

B6・並製　定価1,529円(本体1,456円)

国友鉄砲の歴史

湯次　行孝著

鉄砲生産地として栄えた国友。近年進められている、郷土の歴史と文化を保存したまちづくりの模様も含め、国友の鉄砲の歴史を集大成。

B6・並製　定価1,529円(本体1,456円)

近江の竜骨
—湖国に象を追って—

松岡　長一郎著

近江で発見された最古の象の化石の真相に迫り、滋賀県内各地で確認される象の足跡から湖国の象の実態を多くの資料から解明。

B6・並製　定価1,890円(本体1,800円)

『赤い鳥』6つの物語
—滋賀児童文化探訪の旅—

山本　稔ほか著

大正から昭和にかけて読まれた児童文芸雑誌『赤い鳥』。滋賀県の児童・生徒の掲載作品を掘り起こし、紹介するとともに、エピソードを6つの物語として収録。

B6・並製　定価1,890円(本体1,800円)

外村繁の世界

久保田　暁一著

五個荘の豪商の家に生まれ、自らと家族をモデルに商家の暮らしの明と暗を描いた作家・外村繁。両親への手紙などをもとに、その実像に迫る初の評論集。

B6・並製　定価1,680円(本体1,600円)

近江妙蓮
—世界でも珍しいハスのものがたり—

中川原正美著

守山市の田中家が守り続けてきた「近江妙蓮」は、一茎に数千枚の花びらをつける特異なハスである。観察記録とともに将軍家へも献上された歴史などを紹介。

B6・並製　定価1,890円(本体1,800円)

淡海文庫について

「近江」とは大和の都に近い大きな淡水の海という意味の「近（ちかつ）淡海」から転化したもので、その名称は「古事記」にみられます。今、私たちの住むこの土地の文化を語るとき、「近江」でなく、「淡海」の文化を考えようとする機運があります。

これは、まさに滋賀の熱きメッセージを自分の言葉で語りかけようとするものであると思います。

豊かな自然の中での生活、先人たちが築いてきた質の高い伝統や文化を、今の時代に生きるわたしたちの言葉で語り、新しい価値を生み出し、次の世代へ引き継いでいくことを目指し、感動を形に、そして、さらに新たな感動を創りだしていくことを目的として「淡海文庫」の刊行を企画しました。

自然の恵みに感謝し、築き上げられてきた歴史や伝統文化をみつめつつ、今日の湖国を考え、新しい明日の文化を創るための展開が生まれることを願って一冊一冊を丹念に編んでいきたいと思います。

一九九四年四月一日